태국의 자연지대

태국의 자연지대

발행일 2021년 9월 17일

지은이 동해
펴낸이 손형국
펴낸곳 (주)북랩
편집인 선일영
편집 정두철, 배진용, 김현아, 박준, 장하영
디자인 이현수, 한수희, 김윤주, 허지혜
제작 박기성, 황동현, 구성우, 권태련
마케팅 김회란, 박진관
출판등록 2004. 12. 1(제2012-000051호)
주소 서울특별시 금천구 가산디지털 1로 168, 우림라이온스밸리 B동 B113~114호, C동 B101호
홈페이지 www.book.co.kr
전화번호 (02)2026-5777
팩스 (02)2026-5747

ISBN 979-11-6539-980-1 03810 (종이책)
979-11-6539-981-8 05810 (전자책)

행복을 찾아 떠나는
5가지 이야기

동해 단편소설집

태국의 자연지대

북랩book Lab

동해 단편소설집

목차

태국의 자연지대

≡ *0* ≡

경매장에서

웅성대는 좁지만은 않은 실내, 사람들이 많이 앉아 있다. 점점 더 많은 사람이 속삭이고 있다. 최고의 물품만 오는 최고 경매장이기 때문이다. 이번 경매품은 이미 소문이 나서 최고의 경매품으로 정평이 나있다. 최고의 물건을 사고파는 그런 돈의 총전. 에메랄드빛 가장 아름다운 보석이 보인다. 소란과 난동을 부린다. 다 사고 싶으니까 말이다. 백조 같은 브랜드에서 맞춤 보석을 하면 나올까 말까 한, 그런 보석들을 능가한다. 맞춤으로 하는 보석을 어떤 프러포즈나 10년 차 결혼을 위한 그런 보석으로 만들 그런 능력이 있어야 한다. 그냥 제일 큰 백화점에 가서 제일 비싼 보석을 맞추는 남자들은 성공한 것이다. 그러나 더욱 희귀하고 비싸고 소중한 보석을 어디서 구해온다면 그건 보통 남자들은 할 수 없는 그런 의미가 있다.

태국에 가면 보통 보석은 10만 원, 사파이어 같은 고급보석은

20만 원이면 산다. 그런데 왕실이나 황궁 같은 보석은 가격이 다르다. 차원이 달라지고 세공법, 보관법이 아예 달라진다. 이번 보석은 그 정도가 아니다. 역대 최고의 물품이다.

"바로 이 보석입니다."

"이 보석이란 말이지… 최고의 보석이며 너희들의 목숨보다 높은 것이다."

"50억 달러 넘는 분?"

정장을 입은 키 큰 남자는 손을 든다. 어디 높은 곳의 요원 같은 모습이다. 10명이 손을 든다. 키 작은 아저씨도 손을 든다.

"몇 명 안 남았어요. 더 사실 분? 50억 8,000달러 있나요?"

6명이 손을 든다.

"80억 달러를 드시는 분에게 팔겠어요. 있나요?"

보석을 치장한 커다란 아저씨가 손을 든다. 태국의 부호다. 최고로 부자이고 권위를 중시하고 하나의 최고의 권위를 가진 최강자이다.

"당첨!"

≡ *1* ≡

최고 휴양지 파타야

에메랄드빛 바다의 반사된 태양광, 매우 밝고 고급스러운, 아니 정말 바다의 정원 같은 밝은 하늘빛 해변이다. 의자와 파라솔이 쭉 펼쳐져 있고 하나의 작은 섬, 타고 오는 배들… 모두 낙원 그 자체다. 넓고 밝은 이 거대한 모래 빛 백사장. 사람들은 과일을 먹으며 열대과일의 맛과 편안한 의자와 빛어내는 밝은 태양 빛을 누린다. 매우 좋고 밝다. 연인이 많고 또 아이들을 데려온 가족들이 많다. 서양인도 있고 태국이 아닌 동양인도 많다. 최고의 휴양지인 태국의 한 섬이다. 그저 여기서 즐길 수 있는 최고의 피서일 뿐이다.

≡ *2* ≡

태국의 야생

태국의 방콕을 지나 차로 몇 시간. 열대우림이 펼쳐진다. 늪마다 악어가 득실대고, 가끔 지나가는 코끼리, 치타. 열대우림의 무서운 동물들. 그것들이 펼쳐진 싸움과 전쟁. 생물에서 배운 것보다 어려운 생태지대다. 생태지대에 열대우림은 우리의 다큐멘터리보다 더 살벌하고 무섭다. 그곳을 빨리 개발하여 멋진 인간에 닿은 최고의 장소로 만들어야 한다. 치타가 달려간다. 사슴들도 있다. 이런 열대 우림의 펼쳐진 대장관을 모두 보려고 한다.

≡ *3* ≡

동원의 하루

하늘이 내리쬐는 빛이 뜨겁다. 빛이 열로 바뀌어 모두 다 에어컨을 켠다. 매장, 음식점, 편의시설 모두 실내는 매우 차갑게 해놨다. 그러나 더위는 밖에서 계속 온다. 끝이 없는 열이다.

동원이는 당당한 백수다. 동원이는 마음이 미칠 창이다. 동원이는 친구가 많다. 개그 하나로 먹고살려고 하는 중이다. 마음 하나하나를 소중히 여기는 동원이다. 친구가 그래서 많다. 떨어져 나가지 않는다. 가끔 연락이 안 돼버리는 상황이 오기 마련이다. 그런 것들을 풀기는 불가능하다. 깨진 그릇같이 말이다. 자신의 친구들에게 인기가 많다. 동원이는 항상 최선을 안 한다. 그냥 놀기를 좋아할 뿐이다.

그래도 사람은 있다. 길가에 사람들이 있다. 길가는 사람들이 다 삼삼오오 몰려간다. 친구들이 만나는 좋은 곳이다. 동네 애들은 모두 다 온다. 마음이 아픈 것은 동원이 뿐이다. 다 대학에서 잘하고 있고 몇 명은 취업을 이미 했다. 다 잘살고 있다. 대기업에 붙었다는 소식이 많다. 그게 동원이가 너무 아픈 것이다.

친구 넷이서 밥을 먹는다. 그냥 삼겹살이나 구워 먹고 있다. 끝도 없이 먹지도 않는다. 4인분이면 충분하다. 넷이서 4인분이면 충분하다. 어떤 배 용량이 큰애는 16인분을 혼자 먹는 애도 있다. 신진대사가 어떻게 되는지 모르겠지만 그런 애 중에는 살이 안 찌는 애도 있다. 갈비, 삼겹살은 잘 안 먹는다. 그저 고기 뷔페에 가도 항정살, 대패 고기, 호주 소고기 등을 많이 먹는다. 요즘 젊은이들은 삼겹살, 갈비를 잘 안 먹는다.

술도 맥주 한잔이면 된다. 맥주 한잔을 먹으며 끝도 없이 말하고 있다. 소주를 흔들며 딴다. "회오리!"라고 말한다. 동원이의 친구들은 모일 때 술을 많이 먹지도 않는다. 밥을 먹는다. 인사며 안부 묻기는 끝이다. 본격적으로 이야기를 나눈다. 이야기를 계속한다.

"너 좋아하던 애 어떻게 됐어?"

"연이? 끝났지 뭐…"

"너는?"

어렸을 때부터 친구였던 4명은 서로의 이야기를 너무 다 안다. 계속 들어왔다. 업데이트될 때마다 서로 너무 좋아한다. 소식 하나하나에 열을 내며 토론한다.

"아 당구 칠 사람?"

"3쿠션 뜨자!"

"오케이. 빨리 고기 굽고 가자. 3쿠션만?"

"오케이!"

저녁이 된다. 이제 당구도 지겹다.

"여름이라 덥다. 이게 뭐 살만해야 하는데, 에어컨을 틀으나마나야."

"내 말이 이게 뭐냐."

친구들이 제안한다. 웃음 반 진담 반이다.

"그냥 외국이나 갈래? 가을, 봄 날씨인데…"

"오 어디?"

동원이는 웃는다. 핸드폰으로 검색한다. 요즘 여행 갈 만한 가격 적당한 곳은 바로 태국이다.

"태국 갈래?"

동원이가 말한다. 모두 태국의 방콕은 안다.

"오케이! 파타야 방콕?"

"그래 거기 말이야!"

"가자!"

1인당 50만 원이면 기본으로 갈 수 있다. 패키지가 50만 원이면 항공권과 호텔권이 30~40만 원이다. 그 정도면 잘 갔다 온 거다. 넷은 항공권과 숙박권을 구매하고 여행 계획을 세운다. 태국의 궁전, 해변, 코끼리 탑승 등을 할 수 있다. 다 찾아보고 예매하고 표 구매를 하는 것이다.

≡ *4* ≡
태국으로 출발

친구 넷은 태국 파타야로 여행을 가기로 한다. 넷이 모여서 공항으로 가고 있다. 공항 지하철을 타고 가다 보면, 많은 사람이 있다. 가족여행, 비즈니스 등. 모두 바쁘지, 한가하지는 않다. 여행을 몇 시간이라도 더 하고 싶은 마음일 것이다. 여행을 죽어라 하는 것이 남는 것이다.

이번 여행은 공항에 가끔 있는 친구 5~6명이 오는 그런 것이다. MLB 모자를 쓰고 나시를 입고 공항으로 가고 있다. 자유로운 복장이고 최대한 시원하고 멋있게 입었다. 동원이는 최선을 다해서 아름답게 꾸몄다. 자기만의 트렁크 속 백을 말이다. 트렁크에 별의별 필수 아이템들을 넣었다.

출발했다. 공항에서 가볍게 아침을 분식으로 먹는다. 둘 다 패션이 힙하고 프리하다. 널널하게 입었다. 다 트렁크를 들고 왔다. 김이는 웃으면서 껌을 씹는다. 팽이는 짧은 머리를 하고 머리를 커트하고 왔다. 비싼 곳에서 잘랐단다.

"와 이거 오늘 출발 어 이거 완전…"

동원이는 말한다.

"기분 최고!"

"출발하자."

비행기에 앉는다. 동원이와 김이가 계속 얘기한다.

"태국이라는 곳이 아주 좋고 물가 싸고 여행업이 발달한 데더라고."

"어어 그렇지 뭐."

"그럼 우리는 뭐해야겠어. 태국이라는 어. 개도국이었다가 관광국까지 된 태국이 있단 말이야. 거길 즐겨야겠지. 어. 억수로 좋더라고 사진보니깐."

김이가 계속 설명한다.

"어 그렇지 거기가 좋은 곳이제."

"태국이 또 서양과 가깝더라고. 볼 수 있는 사람도 다 관광객이고 서양인이야."

"태국 하면 뭐야, 바로 방콕 아니야!"

"그래 거기가 우리 가는 데야, 태국 방콕의 파타야 해변."

"거기 죽이나?"

"죽이제."

걸쭉한 사투리를 하며 김이와 동원이는 계속 이야기한다.

"태국은 어 옛날부터 어떤 그 나라만의 정체성이 있었어. 나라를 잘 지키고 살자는 그런 정체성 말이야. 그런 힘이 있었기 때문에 근대화며 어려운 전쟁들을 이겨낼 수 있었던 거지."

2명씩 앉아 있다. 팽이와 원이가 같이 앉고, 김이와 동원이가 같이 앉았다. 팽이와 원이는 얘기한다. 역사 문화 얘기가 아닌 다른 얘기를 한다. 원이가 묻는다. 남자 수영복 얘기다.

"아따 수영복 어 트렁크 하나 샀다. 멋있노."

"오 뭐 아레나 그런 거 사야지 비싼 거 샀구먼."

팽이는 수영복을 하나 샀다. 너무 좋은 것을 샀다.

"그건 뭐 싼 거고. 나는 어 파타야에서 입을 그런 게 그렇지 뭐."

팽이는 파타야에 관하여 다 사전 조사했다.

"튜브, 파라솔 이런 건 다 있더라."

"오케이."

≡ *5* ≡

태국 도착

태국 도착.

"이야호!"

동원이는 어린아이처럼 좋아한다. 너무 기쁜 모양이다.

"야호!"

팽이 역시 야호 하며 좋아한다.

"와 살겠다."

모두 다 공항을 나와서 소리친다. 야호.

"야 빨리 숙소로 가는 택시 잡아서 가자. 오늘 술이나 마시자."

"오케이 술 뭐 살까?"

"근처 숙소로 가자, 술집 있으면 거기로 가자."

"오케이."

택시 줄이 길다. 그 긴 택시 줄을 기다려 고급택시를 잡는다. 호텔까지는 1시간이다. 호텔로 간다. 넷은 숙소 근처 술집에서 새벽 2시까지 술을 마신다. 슬슬 지친다. 호텔로 올라가 쉰다. 잠을 잔다. 뭐 아무것도 안 보이고 그냥 잠만 잔다. 그냥 쿨쿨 잔다. 더블 2개의 룸인데 넷이 침대를 반씩 나누어 쿨쿨 잔다.

오전 11시까지 자다가 한둘 일어난다. 일어나서 세수하고 수영복으로 갈아입는다. 파타야 해변에서 노는 로망을 위해 한둘 잔뜩 꾸민다. 위에 반팔 하나 입고 트렁크를 입고 슬리퍼를 신는다. 어제 고속도로에서 산 2,000원짜리를 신고 간다. 동원이는 선글라스를 끼고 신나게 간다.

파타야 해변으로 가는 선착장에 왔다. 파타야 해변은 섬에 있다. 한마디로 낙원이다. 낙원으로 가 한바탕 놀고 오는 것이다.

파타야 해변으로 가는 배를 탄다.

"아따 빠르네."

"빠르제?"

태국인 아저씨는 뱃사공 역할을 하는 40대의 많이 탄 남자다.

"오 빨라 아저씨."

"오케이 더 고속으로."

"빨리 달려!"

하늘빛이 반사된 청록색 바다로 배를 타고 들어간다. 새로운 세상이다. 새롭게 펼쳐진 태양 아래의 백사장 섬. 모두 아름답게만 보이는 장관들. 모두가 꿈꿔온 그런 세상이다. 아름답다.

세상의 휴가지. 휴식과 아름다움. 놀이와 장관들. 그런 세상에 온 것이다.

≡ 6 ≡
노는 해변가

파타야 해변에서 동원이는 자쿰답게 누워서 썬텐하고 있다. 동원이의 별명은 자쿰까리다. 벤치와 파라솔이 쫙 깔려있다. 그런 자리를 하나 샀다. 파는 과일을 사서 먹으며 썬텐하는 것이다. 열대과일을 하나씩 집는다. 씨앗을 안 먹고 껍질을 벗겨야 한다. 팽이가 말한다.

"오 파인애플 역시 달다."

팽이와 원이는 서핑보드를 타고 헤엄치고 있다. 누워서 서핑보드를 타고 놀고 있다. 파도의 세기가 꽤 좋다. 서핑보드를 타고 여기저기 깊은 데까지 간다. "푸하푸하" 하며 수영한다. 풀을 계속 즐긴다. 백사장은 곱고 깨끗하다. 물이 너무 좋고 색도 하늘색의 하얀 모래 빛이다. 다 재미있게 노는 중이다. 넷은 행복한 하루를 보낸다.

호텔에 들어간다. 모두 술을 사 와 다 먹는다.

"술 먹고, 내일은 뭐 할래?"

원이는 좋은 것만 찾는다.

"어디 파티나 가자."

"파티? 그런 게 있어?"

파티를 하나 찾은 것이다.

"구글링해 볼게. 오 있잖아. 그냥 가자. 여기 1시간 거리에 하나 있네."

"오키."

≡ 7 ≡

최고의 보석

동원이는 최고로 비싼 보석을 구경한다. 태국 행사장에 와서 구경을 하는 것이다. 최고로 비싼 다이아 보석을. 와 이거구나. 야외 행사장에서 최고의 보석을 구경한다.

"이게 5,000억 원이요? 만져봐도 돼요?"

와 만지면서 사진을 찍는다.

"와 찍어보자."

"나 좀 찍어줘."

그 때 떨어뜨린다. 뒤의 계곡으로 떨어진다. 물고기가 먹는다. 먹는 건지 알고. 그 물고기를 강아지가 물고 풀숲으로 도망간다.

"AH OH!"

자큼 동원이는 강아지를 잡으러 뛰어간다. 그러나 잡지 못한다.

“얘들아 빨리 잡아야 해!”

뛰어간다. 강아지가 풀숲으로 숨어 계속 도망간다. 놓친 후 털레털레 온다. 들개같이 생긴 그 강아지를 잡아야 한다.

“AH OH!”

“야 이 병신아!”

“아… 미치겠네.”

≡ *8* ≡

보석의 행방

"야 이 새끼야 멍청한 바보놈아."

"내가 어떻게 해야 할까? 어 뭐 어 물어달라고 하겠냐고. 사고야 사고, 우린 상관없어."

동원이는 아직도 정신을 못 차린다.

"야 이 멍청한 것."

"뭐 어째 그냥 사고지."

"자쿰 같은 것."

이번 행사 총 담당자인 지연이 온다. 보석의 관리인이다. 정장을 입고 뚜벅뚜벅 온다. 말한다.

"50일 내로 소송을 할 거고요. 보석의 상당한 금액을 본인들이 부담해야 할 겁니다. 보험에 들었으나 본인 책임 비용이 대부분이고 1,000억 원은 부담해야 하실 수도 있을 겁니다."

"1,000억 원이요?"

"예, 그 이상도 감당하셔야 합니다."

동원이가 묻는다. 울상이며 희망을 찾는다.

"보석을 찾으면 어떻게 돼요?"

"그건 보상금을 받으실 수 있을 겁니다."

"얼마나요?"

"10%의 보험 보상금을 받으실 수 있습니다."

찾자. 모두 사활을 건다. 보석에.

≡ 9 ≡

보석의 행방 2

한 명은 엄마한테 전화한다.

"아오 이 자쿰 같은 새끼."

"뭐 이 새꺄? 250억 원을 빗졌다고?"

엄마가 쓰러진 게 느껴진다.

3명은 지도를 펼쳐서 개가 갔을 만한 행동반경을 찾고 있다.

"개야. 10㎞는 못 가. 그리고 집이 있어, 들개라도 집은 있을 거야. 그걸 찾으면 우리는 다 살아."

"빨리 ABXD로 구역을 나누어서 찾아보자. 다 초원이야. 집이 있을 거야. 발견하면 바로 연락하고."

"저 병신 때문에…"

계속 욕한다.

≡ *10* ≡

문자 메시지

3시간이 지난 후 문자가 온다.

FROM 김이

개는 이미 먹혔다. 사자한테

문자가 왔다.

≡ *11* ≡

사자와 전쟁

김이가 손이 잘렸다. 사자한테 당했다. 자초지종을 설명한다. 개를 겨우 찾았는데 사자가 갑자기 공격했다는 이야기다.

“아 아 아프다. 손이…”

“이 종간나 자쿰 새끼.”

“다 운다. 엉엉엉…”

“엉어엉…”

“우리 어떻게 하냐. 그 사자가 개를 먹고 너 손가락 4개를 물어 잘랐다고?”

“이게 손가락이냐? 손 마디를 끊었어.”

넷은 모인다. 총을 사고 작전을 짜고 그 사자를 죽여서 보석을 찾고 만다고 다짐한다.

“여기 총 한 개 있어. 총알은 30발이 넘어. 멀리서 차 타자. 차는 보호가 되는 사파리 차야. 그걸 타고 멀리서 조준 사격해서 잡자고. 차가 사자보다 빠르지? 그럼 다 타고 있으니까 안전은 확보된 거야. 차를 타고 사자를 발견하면 총으로 잡자."

"저게 무서워. 제일 큰 사자야. 보통 사자가 아니야."

"꽤 커. 입에 피 묻었을 거야."

"오케이."

"피 묻은 사자란 거지. 수컷에."

"어. 자 모두 중무장하고 무장 경찰도 부를까?"

"무장 경찰은 3주나 기다리래"

"그럼 없어져. 보석이 없어진다고."

"오케이 우리가 해내야 해."

≡ *12* ≡

보석을 찾아서

팽이는 경찰에 신고한다.

"WHAT…… NO…… CALL TO THE ANIMAL ADMINI-STAITON."

"뭐라고? 거기에 왜 전화하는데?"

"NO."

"으이구 안 된단다."

팽이는 가슴을 친다.

"아이고 어떻게 해야 해 이거?"

아무리 전화해도 안 된다면서 또 전화한다.

≡ *13* ≡

탐험

넷은 차에 탄 채로 초원을 누빈다. 초원에 별의별 동물이 다 있다. 뭐 얼룩말이며 악어며 코뿔소며 별의별 동물들이 다 있다. 코끼리가 느릿느릿 지나간다. 정말로 크다. 화나게 해서는 안 된다. 밟히거나 뿔에 받힐 수 있다. 가만히 놔두면 먼저 공격하거나 돌발 행동을 하지는 않는다. 태국인들이 좋아하는 동물인 이유다.

가젤들이 지나간다. 23마리가 뛰며 지나간다. 차보다는 느리지만 매우 귀엽고 빠르다. 다 착한 동물들이다. 가끔 보이는 늪에는 악어가 있다. 악어는 작은 악어가 많다. 그렇게 세지는 않지만, 만약 빠지면 죽은 목숨이다. 코뿔소는 싸움을 잘한다. 사자, 호랑이를 이길 수도 있다. 억수로 큰 뿔로 박아버리는 것이다. 다 지나간다.

3시간 동안 찾았다. 차는 이미 고장 났다. 내려서 중무장을 하고 넷이 편대를 이루어 이동한다. 넷은 총을 보호하고 나머지 셋은 앞에서 전투를 벌일 그런 편대다. 아주 센 것도 이겨낼 수 있게끔 만들어보고, 마치 게임 같은 편대다.

"찾았다!"

≡ *14* ≡

밀림의 왕 사자

사자는 밀림의 왕이다. 쉽게 생각하면 우리나라 호랑이의 산군이다. 10마리다. 전쟁이다. 동물과 사람의 전쟁이다. 로봇과 사람의 전쟁인 터미네이터처럼, 동물과 인간의 전쟁이다.

넷은 겁을 먹는다. 겁을 엄청나게 먹는다. 이런 싸움은 너무 무섭기 때문이다. 동물의 왕과 싸움이다.

전쟁은 10대 4다. 사람 4명과 사자 10마리의 싸움이다. 사람이 사자보다 머리가 좋다. 총을 가지고 있다. 머리를 써야 한다. 최선을 다해서 몸을 써야 하고.

"죽일 수 있지?"

전쟁이 곧 시작된다. 사자와 인간의 전쟁이다. 소심한 청년들의 전쟁이다.

"뒤에서 오는 것마다 총 싸주고."

사자 10마리와의 싸움이 시작됐다. 총을 쏘기 시작한다.

"빵!"

한 마리가 죽는다. 사수한테로 가지 않고 사자가 제일 앞의 원이한테로 간다.

"빵!"

달려온 사자를 죽인다.

"빵! 빵! 빵!"

3마리가 다 죽었다. 4마리가 3명의 전사와 싸운다. 끝도 없이 싸운다. 비명이 들려온다.

"AHHHHHHH! NOOOOOO!"

"빵!"

"아오 씨팔."

"빵!"

잡았다. 씨익 웃는다. 다 쳐다본다.

"빵!"

마지막 제일 센 사자다. 포수한테로 달려온다. 포수도 겨냥한다. 사자가 점프한다. 날카로운 손톱을 들고 찍으려는 순간,

"빵!"

≡ *15* ≡

보석을 찾아서

보석을 찾는다. 사자의 배를 가른다. 한참 찾는다. 꼬챙이로 여기저기 뒤져본다. 뭔가가 반짝인다. 보석이다.

"여기 있다."

"엉엉어어어어…"

"어 해냈다."

다 팔이 없거나 손가락이 없다. 넷이 모여서 운다.

"엉어어어어어엉…"

"야 해냈다."

≡ *16* ≡

보석을 획득하여

"으이구 보석 하나에 우리가 다 죽겠냐?"

"그래 이 보석이야."

보석이다.

"모든 사회가 돈을 찾는 보석을 찾는 이런 사회야."

"그래 이 보석을 찾았잖아."

넷은 부둥켜안고 운다. 경찰이 온다. 네 친구는 동물의 습격을 받았고 뭐에 뭐에 자초지종을 다 얘기한다. 경찰이 말한다.

"무죄이고 조사를 하고 귀가 조치하겠습니다."

"넵."

넷은 담요를 덮는다. 경찰차를 타고 태국의 호텔로 간다. 힘든 싸움이 아니었다. 그저 무섭고 두려운 지옥개와 같은 것들과 싸움이다.

≡ 17 ≡
보상과 아픔

보석 관리자가 말한다.

"보석을 찾았네요."

"넵. 이 상처는 어떻게 해요?"

"보험으로 다 돈으로 드릴게요."

"넵 감사합니다. 얼마죠?"

"1,000억 원입니다."

"알겠습니다."

소방청장이 온다. 높고 멋지게 생겼다. 1시간 동안 설명을 듣는다. 살짝 웃는다. 하지만 진지하고 엄하다. 청장급이다.

"보석에 모든 걸 걸고 싸웠다고요? 그저 우리는 무사한 안녕을 빌겠습니다."

"넵."

≡ *18* ≡

거의 다 돌아오고

호텔 밤. 넷은 술을 먹는다. 다 병원에 갔다 왔다. 넷은 모두 술을 먹는다.

"술 먹지 말랬잖아."

"괜찮아 우린 이미 망했어."

"술이나 더 해."

넷은 취한다. 울다 침대에 한 명씩 쓰러져 잔다. 붉은 방 안에 흰 침대를 베고 푹 잔다. 팽이가 담요를 하나씩 덮어준다.

전쟁이었다. 그 모든 것들은. 코 고는 소리만 우렁차게 들린다. 승리자의 코 고는 소리만 들린다.

≡ *19* ≡
보상을 받아서

"다 1,000억 원씩 받았네."

"집이나 사자. 좋은 거로."

다 장애지만 집을 하나씩 산다. 300평짜리 태국에 별장을 짓는 놈. 100평 강남에 전원빌라 사는 놈. 200평의 3층 집을 경기도에 사는 놈. 60평짜리 한강 역세권에 사는 놈.

아직도 기억한다. 그날 밤 제일 무서웠던 전쟁을.

≡ *20* ≡
동원의 집에서

동원이는 집이다. 장애가 돼서 어디 취업 자리를 구한다. 장애 전형에 넣는다. 그러나 구해지지 않는다. 손이 없기 때문이다.

"아오 정말!"

동원이는 어떻게든 취업하려고 했다. 과거에 50개의 회사에 다 떨어졌기 때문에 결국 백수가 되었다. 전쟁같이 싸운 사자와의 전투에서 손을 잃은 후 장애 전형에 하나하나 넣어보고 있다.

"아오 장애 전형이 왜 이것밖에 없어!"

어떻게 해야 하나. 손이 없는 똥손 동원이는 그저 슬프게 누워있다. 자기 방에 이불을 깔고 누워있다. 자기는 항상 보훈자에 해당한다고 말한다. 보훈은 아니다. 그냥 사고 장애이다.

전화한다.

"너 뭐하냐? 집은 나만 좋냐?"

"……."

"그래. 넌 취업도 했고."

"엉."

동원이는 다시 일어선다. 달려 나간다. 다시 일어설 뿐이다.

≡ *21* ≡
남은 건

태국에서 그 전쟁 후 모두 상흔을 졌다. 상흔 후 남은 것은 돈뿐. 모두 즐거웠던 과거를 회상한다. 사자가 무서운 것은 너무 힘들었기에, 그리고 팔이 없기에 생긴 최악의 장애다.

즐거운 날들을 회상해본다. 즐겁게 태국의 바다까지 간 것이다. 더운 날씨, 높은 습도. 없는 바람. 모두 우리에게 주어진 여름이다.

≡ *22* ≡

코끼리와 춤을

태국을 향해 달려간다. 코끼리를 탄다. 내려와서 동물원의 사자를 만져본다.

"어우 이 귀여운 이 ㅆㅃ…"

프랑스에서 사랑하기

≡ *1* ≡

파랑 하양 빨강

파란색, 흰색, 빨간색. 프랑스의 국기이다. 보며 모두 눈물을 흘리며, 아니 지옥 같은 세상에서 혁명을 일으키며 독재에 맞서 하나하나 싸우다가 올려진 프랑스의 국기. 그 이상의 뜻을 가진다.

보불전쟁, 나폴레옹시기, 영국과의 라이벌전인 100년 전쟁. 모두 프랑스의 자랑스럽지만, 한편으로는 아픈 그런 전쟁이다. 그런 전쟁 속에 그들은 자유와 평화와 평등을 찾아 현대에서 가장 강한 나라를 만들 수 있었다.

파랑은 자유, 흰색은 평등, 빨간색은 박애. 그런 것들이, 이탈리아의 국기나 네덜란드의 국기와 색만 다른 그 색만의 상징을 가지고 있다.

이탈리아는 한국과 같은 반도에 있다. 이탈리아는 장화를 닮은 로마 이후에 계속된 교황과 황제 간의 갈등, 서양의 학문과 시스템 등을 계속 최선을 다해서 올린 결과 강국이 되었다.

이탈리아, 오스트리아, 독일 세 나라는 1차대전 같이 전쟁을 낸 전범의 국가이다. 나중에 둘은 빠진다. 이탈리아와 오스트리아 말이다. 어려운 싸움이 잦았다. 연합군의 승리는 시작되었고 다시 일어서려는 독일을 짓밟았다. 어리석은 일본의 공격이 계속되었으나 다 잡혔다. 새로운 군대는 계속해서 연합군을 도우러 왔다.

이탈리아의 국기를 본다. 초록색, 하얀색, 주황색. 상징은 다 다르다. 멕시코의 국기는 초록색, 하얀색, 주황색에 독수리를 넣은 것이다.

네덜란드, 아이슬란드, 코트디부아르 등. 색으로만 국기를 만든다. 국기마다 뜻은 다 다르다. 자신의 나라에서 제일 중요한 것을 넣는다. 학교나 회사에 가기 전에 시험이 있다면 무슨 정신이 있고, 어떤 의미를 중요시하는지를 알아야 한다.

프랑스는 다른 나라들과 다르게 혁명을 이루어 냈다. 가장 큰 혁명을 이뤄냈다. 자유와 혁명, 사랑 모두 최고의 가치들이다. 계속 그 정신이 우리 세계에 있는 것이다. 미국으로 간 유럽인, 특히 영국인들에 의한 전쟁과 평등, 독립전쟁 이후 남북전쟁까지 모두 민주와 혁명의 뿌리다.

프랑스의 자유를 위한 투쟁과 전쟁들 모두 좋은 세상을 위한 노력이었다. 그런 프랑스를 모두 역사로 좋아할 수밖에 없다.

≡ 2 ≡
중세부터

프랑스의 건물 양식은 중세유럽풍의 기본적인 모습에서 많이 변화하지 않았다. 많은 상점과 식당, 술집 등이 옛날 중세, 근세의 모양을 갖고 있다. 그렇게 좋은 모양이 계속 전승되고 있다.

프랑스의 시골로 가면 매우 오래된 모습의 촌락 같은 집이 쭉 나열되어 있다. 그것보다 나은 부잣집도 몇 개 있다.

프랑스 파리에는 현대식 건물과 중세유럽풍의 건물이 공존하며 최고의 외관을 보여준다. 투르 드 road 같은 자전거 대회가 매주 열린다. 모든 세계의 자전거 선수들이 나와서 몇백 킬로미터를 달린다. 산도 많고 물도 많고 평지도 많다. 파리의 경우 모두 평지이다. 쫙 펼쳐진 파리의 평지는 실로 대단하다.

평지 외에 산지는 얼마나 또 많고 어려운 길인지를 알아야 한다. 프랑스도 산이 매우 많다. 높은 산, 낮은 산 매우 많다.

프랑스 파리 근교의 카페에서 커피를 마시고 있다. 주인공 태구이다. 태구는 술을 너무 많이 마셨다. 집에 있는 모든 돈을 털어 파리에 주택 하나를 샀다. 물론 아버지의 유산이다. 프랑스의 전역은 황홀하기만 하다.

커피를 마신다. 아메리카노다. 원두의 맛은 어떤 질이냐에 따라 부드러운 맛, 단맛, 캐러멜 맛 등 원두가 좀 중요하다.

커피를 마시며 영어로 된 신문을 읽는다. 체크무늬 비싼 백화점에서 산 빵모자를 쓰고 10시까지 커피나 마시면서 신문을 본다. luxury 잡지에나 나올 것 같다.

"아오 사고가 정말 잦네. 어느 나라나…"

신문을 읽으며 투덜댄다. 해낼 수도 있다. 옛날 회사에서 나온 후 프랑스에 자리를 잡았다. 거의 100%의 이유는 프랑스 리그 축구를 보기 위해서다.

프로축구를 위한 연간회원권을 미리 사놓았다. 광클릭으로 겨우 하나 산 것이다. 200~300만 원이다. 그런 것 하나 사서 행복하게 주말 리그를 보려는 것이다.

프랑스에서 돈을 벌어보려고 한다. 알바라도 해야 한다. 글로벌 회사에 취직되는 게 목표이다.

≡ *3* ≡

예술의 프랑스

프랑스는 예술의 나라다. 매우 많은 예술인이 파리에 모인다. 파리에서 예술을 배웠다고 한다면 독일, 스위스처럼 매우 대단해진다. 대우가 엄청나다. 파리의 예술학교를 다룬 영화 〈미드나잇〉은 톨스토이, 피카소, 대단한 사람들이 등장한다. 매우 대단했던, 지금까지 우리의 예술의 줄기인 대단한 사람들이 파리를 거쳐나갔다. 파리의 예술은 정말 대단하다. 나라 자체가 예술인 것이다.

러블리한 셔츠를 입는다. 로원은 부자 동네에서 살아 석사로 프랑스 예술전공을 하게 되었다. 시각디자인을 전공했다. 로원은 흔한 엘리트 코스인 석사 유학을 선택한 것이다. 그 후 취업했다.

로원은 파리의 아파트에서 밥을 먹고 있다. 안심 스테이크나 먹는 졸부들이랑은 다르게 그냥 해외산 싼 고기를 먹는다.

"맛있네."

친구들을 불러모으고 싶다. 친구를 몇 명 사귄 로원은 친구들과 가끔 저녁 시간을 갖는다. 저녁에 한창 사람과 테이블보를 깔고 캔들을 올리고 고기를 썰면서 저녁을 먹는 것이다. 친구들과 만찬은 아니더라도 그렇게 한 끼를 먹고 나면 피곤보다는 그냥 그런 데로 잘사는 것 같다. 그렇게 계속 친구들을 만난다.

프랑스라는 세계의 최고 국가에서 모든 것은 아니더라도 즐겁고 예술의 삶을 사는 것이다.

≡ *4* ≡

파리의 축구

프랑스는 월드컵을 우승했다. 대단했다. 어려운 팀들을 KO 시키고 겨우 우승컵을 들어 올렸다. 모든 선수가 프랑스로 몰렸고, 큰 리그를 하고 있다. A팀의 최고팀이다. MMN라인이 대단하다.

파리의 최고 명문 팀 A 경기를 보러 간다. A 경기에서 주말 리그전을 보러 가는 것이다. 리그전에는 얼마나 많은 사람이 경기장을 메우는지 모른다. 최고의 경기를 보여주기는 한다. 챔피언전은 평일에 하고, 최고의 경기는 리그에서 나온다.

경기를 보면서 먹는 것은 거의 없다. 먹지는 않는다. 자리도 좁다. 그저 축구만 좋은 것이다.

"오래오래오래오래~ 위아더 챔~ 위아더 챔~ 오래오래오래오래 위아더 챔~ 위아더 챔~"

홈 관중이 계속 노래를 부른다. 끊임없이 노래가 솟아 나온다. 그저 즐겁다. 모두. 축구는 행복일 뿐이다. 행복함을 누린다. 그저 자신의 파이팅을 다 보여주는 듯 좋아하면 된다. 엄청나게 멋있는 줄 안다. 즐거움 속에 팔로 막 휘저으며 미친 듯 난리를 치는 게 그들의 파이팅이다.

태구는 엉엉 운다. 저기서 뛸 수 있다면 좋겠다는 생각이다. 축구를 잘한다. 태구는 어려서부터 축구를 해왔다. 저들이 실력이 낮다고 생각한다. 왼발로 빠르게 반대쪽으로 차면 막을 수가 없다. 가끔 여유가 있을 때는 오른발로 가볍게 찬다. 어려울 때는 로빙샷을 찬다. 모두 다 1대1 찬스일 때다.

≡ 5 ≡

로앙은

집에 온다. 집은 하우스 인테리어 잡지에 나올만한 커다란 집을 지었다. 유산을 퍼부어 겨우 만든 집이다. 예술의 집으로 꾸몄다. 2층 높이에 3층에는 정원으로 쓰고 빛깔이 잘 드는 초호화 집이다.

프랑스의 역사적, 민족적 열망이나 국민이 되고 싶은 마음은 없다. 재외국민으로 살려는 것이다. 프랑스의 학교나 학원 등을 다니며 불어와 영어를 공부하고 또 많은 새로운 문물을 공부하려는 것이다.

분명 태구는 한국으로 돌아오려는 마음이 많다. 돌아오면 할 수 있는 일들이 많을 것이다. 아이를 낳을 수도 있다. 그 아이는 물론 한국 국적을 따게 해야 한다. 영주권만 얻을 수도 있다.

대학교가 아닌 재외국민 일자리 사업 같은 것을 찾는다. 그런 프로그램이 없지는 않다. 그러나 좋은 일자리는 구하기 어렵다.

≡ 6 ≡

프랑스의 역사

나폴레옹시기 세계를 제패하였다. 그것은 프랑스의 대단한 자랑거리이며 그 이후 나온 프랑스 혁명, 자유선언 등 빠질 수 없는 세계적 혁명의 단계였다. 그런 것이 현재의 평등 자유 주권 사상에 기초가 된 것이다.

프랑스는 예술의 도시다. 지방시, 발망, 프라다 등 최고 명품이 나라 수입의 70%를 차지한다. 대단한 창의성과 예술성이다.

장발장, 레미제라블. 시대적 배경이 딱 나폴레옹 시기와 혁명기 때다. 장발장에서 주인공인 장발장은 2명의 사람으로 혼동된다. 한 명은 거지 장발장이고 한 명은 국회의원인 장발장이다. 장발장은 거기에서 많은 재판과 악명과 헤아림 속에 자신이 국회의원임을 증명하려다 발각된다.

장발장의 이야기는 그 당시 자유를 위한 갈망, 평등과 박애를 모두 사랑하는 프랑스의 정신을 보여준다. 장발장은 결국 자신이 국회의원이란 것을 증명하고 여생을 편하게 지내며 막을 내린다.

에펠탑이 보이는 카페로 향한다. 가는 길에는 개선문이 있다.

"이게 프랑스 나폴레옹 시기 이후에 새운 거죠?"

"네 그때 세운 거죠."

프랑스 파리 시민이 말한다.

"에펠탑은 언제 세웠나요?"

"1887년. 파리의 현재와 과거를 의미해요."

"그렇군요."

프랑스인들은 에펠탑을 사랑한다. 관광객이란 관광객은 다 온다. 그저 최고의 건축물이며 상징물이다.

"저기 드라마에나 나오는 카페에 데려다주세요."

드라마에 나오는 카페에 가서 앉아 있다. 저녁물이 든다. 카페는 야외이고, 원두커피를 한잔시킨다. 뒤에는 태구가 앉아 있다.

"오 한국인."

"한국인이세요?"

"네."

"세상 참 넓죠?"

"네."

"한국 어디 사셨는지?"

"서울이요."

"오 저도요."

"나이가?"

"33살."

"저는 32살이요."

"오 파리에서 가끔 본 것 같은데."

"네 저도요."

"잘 지내봐요. 다음에 만나면 술 한잔해요."

"네."

≡ *7* ≡

전쟁과 프랑스

프랑스는 전쟁을 많이 치렀다. 워털루 전투, 보불전쟁, 영국과의 전쟁, 십자군 전쟁, 모두 역사에 남는 전쟁을 계속 치른 것이다. 하나하나 다 천당과 지옥을 오가는 최악도 아닌 엄청 힘들었던 전쟁들이다.

전쟁에서 이기고 지고를 반복하고 이기기 위해 계속 과학과 군대를 발전시켰고, 그 결과 최고의 선진 군대를 세우게 된다. 2차대전 1차대전 모두 주인공 정도로 최선을 다해 싸웠다. 많이 무너지고 다시 일으키고 다시 한번 더 싸우러 가고 최선을 다해 나라를 위해 싸웠다. 최강의 군대를 갖추었을 때는 정말로 강했다. 그러나 나라가 흥망을 반복했고 그때마다 다시 민족이 일어났다. 그 결과 최강의 나라로 거듭났다.

태구는 자동차를 타고 프랑스 전역을 누빌 예정이다. 물론 6일 동안 보고 돌아올 것이다.

자동차를 타고 다니며 프랑스를 본다. 마르세유, 브로도 등 모든 좋은 도시들을 보며 정말 좋은 문명을 보고 이해한다.

도시 말고 지방 역시 좋을 뿐이다. 2차선 지방도로를 달리며 작은 여러 중세마을 같은 지방을 둘러본다. 옛 느낌이 그대로이고 지방의 모습이 싫지도 않다. 꽤 좋은 마을이다.

일본에서 본 것보다 더욱더 넓고 광활하다. 일본을 다 본 태구는 문명이라는 것을 높은 데서 보는 커다란 건축물들로 본다. 왜 최고의 나라인지 알 수 있다.

≡ *8* ≡

전쟁

전쟁이 시작되었다. 때로 달려와 다른 팀을 막 때린다. 태구는 도망간다. 마구 때리고 맞고 부수고 날리고 별 싸움이 계속된다.

여친은 운다. 만날 수 있는 곳은 처음 만났던 에펠탑 앞 카페이다. 거기로 달려간다. 성난 군중을 건드리면 안 된다.

에펠탑에 올라간다. 태구를 찾기 위해서이다. 에펠탑 옥상으로 가는 엘리베이터를 탄다.

에펠탑에서 바라본다. 파란색 옷을 입고 있다. 본다. 파란색 옷이 많다. 한 명을 찾는다. 한 명은 흰색의 옷을 입고 있다. 반대편은 흰색을 입고 싸우고 있다. 붉은 광장에서 말이다.

권총을 하나 산다. 권총을 산 후 태구에게로 달려간다.

≡ 9 ≡

막싸움

태구는 막싸움 중이다. 아무나 막 팬다. 전쟁 같은 싸움이다. 막 패고 있다. 축구에서 시작된 이 싸움으로 인해 태구는 피를 흘리며 싸우고 있다. 군중 5명이 태구를 밟는다.

"아오 아파 미친."

아파 죽는다. 그때 총성이 들린다.

"탕! 탕! 탕!"

태구를 밟던 군중이 도망간다.

"빨리 뛰어."

둘은 잽싸게 도망간다.

≡ *10* ≡

불안

나 여기에 못살게 누가 노리는 것 같아. 조폭들이 말이다.

"어떻게? 왜? 너 잘못한 것도 없잖아. 난 10년째 살고 있는데 아무 일도 없는데."

"그 도망가던 놈 얼굴 잘 기억해, 옷 외투 갈색인 놈 있잖아. 그놈이 계속 나를 노려."

둘은 이야기를 그만하고 잠시 쉰다.

"그래, 이제 집으로 가자. 각자의 집으로."

"어, 어떻게 피멍에 커팅된 데까지 어떻게 해야 해?"

"됐어, 별거 아니야."

"집으로 가자."

≡ *11* ≡

슬픔

프랑스 유학 학습관을 알아본다. 배울 수 있는 것들이 무엇인지 본다. 아무것도 없다. 그래서 태구는 그냥 사업이나 하려고 하는 것이다. 할 수 있는 일들이 있다. 옛날 사무직으로 지낼 때도 엄청나게 일을 잘했다. 사무직이 천직이라 생각할 정도였다.

프랑스에서는 학생을 예술가로 많이 키운다. 대학에서 4년제를 밟고 나오면 예술가로 많이 키우는 것이다. 예술의 도시이다. 예술과 사랑의 도시 바로 파리이다.

프랑스어를 배우고 영어를 마스터하고 그렇게 함으로써 외국기업으로 이직하려고 하는 것이다. 언어만 배우면 아마 다 사무직을 해낼 수 있을 것이다.

"아아아."

병원에서 뼈마디를 고치고 있다. 부러진 곳이 2~3개 있다. 정형외과에 가서 고치고 있다. 남의 나라 병원 가는 것은 복잡한 절차가 있다. 그런데도 정형외과에서 치료 중이다.

"인대가 늘어난 정도입니다. 뼈는 괜찮습니다."

"부러진 것 같은데요, 선생님."

"X-ray 결과 이상 없습니다."

"손가락이 휘었잖아요."

휘어진 손가락을 보여준다.

"괜찮습니다."

갑자기 애들한테 전화가 온다.

"너 프랑스에서 언제 오려고 그래? 어. 이 미친놈아. 빨리 한국으로 안 와?"

"여기 살 거다."

"미친놈."

≡ *12* ≡

회복

여친은 별수가 없다. 싸움이 너무 힘들었다. 정신을 계속 차린다. 회사는 1주일 휴가를 받았다. 밥을 해 먹으며 밖을 안 나가려고 한다. 밥은 너무 맛이 있다. 김치 하나로 그냥 밥을 먹는다. 저녁까지 TV를 보며 놀란 가슴을 쓸어내린다.

≡ *13* ≡

꽃피는 파리

사랑이 꽃피는 도시 파리이다. 태구는 사랑을 한다. 프랑스에서. 꽃을 하나 산다. 태구는 노란색 꽃을 사서 여친 집으로 간다.

"딩동."

"나야 나."

태구는 꽃을 주고 집으로 온다.

≡ 14 ≡
낭만

프랑스는 낭만의 나라다. 낭만적 예술 시대에 루소, 앙리마티스 등 엄청난 예술가가 있었다. 낭만주의 화법에 따라 엄청나게 호화로운 그림이 쏟아져 나왔다. 그 결과 낭만과 예술의 나라가 되었다.

원색적인 느낌과 사실을 아름답게 표현하는 낭만주의. 그런 모습과 그것을 표현한 그림이 우리의 현대에도 높이 평가받고 그림의 정수로 불린다. 르브르 박물관에 작품이 엄청나게 많이 전시되어 있다.

태구는 시립박물관에서 오는 길에 있는 기념품점에서 무언가 사고 있다. 바로 집에 붙일 캔버스와 미술 작품들이다. 엄청나게 멋진 작품들을 보고 있다. 그중에서 재현에 가까운 그림이 더 좋다. 그런 작품의 포스터를 사서 집에 캔버스로 붙이려고 그런다.

"아따 이거 좋구만."

포스터와 캔버스 3개씩 사서 집으로 온다.

누구에게 쫓기는 느낌이 계속 든다. 권총이 자신을 겨누는 듯한 느낌. 그 느낌에 의해 살 수가 없다. 계속 누가 나를 찾는 것 같다.

갈색 외투의 한 사람이 계속 쳐다보는 것 같다. 언젠가 최악의 싸움이 발생할 것 같다. 언제인지는 모르지만, 수명이 계속 나아갈지는 모르지만.

≡ *15* ≡
패션

프랑스는 패션의 도시다. 파리에서 있는 패션이 모두 주된 유행이 된다. 얼마나 패션쇼가 화려한지는 유튜브로 볼 수 있다. 프랑스에서 하는 원색적이고 과감하게 자르고 보이고 노출하는 그런 새로운 시도들. 모두 하나의 기조가 되고 패션의 주된 유행이 된다.

요즘은 원색을 사용하고, 신체의 부분을 특이하게 표현하고, 더욱더 언내추럴하게 표현한다. 2020년의 패션이다.

로앙은 집에 있다. 아직도 안 나간다. 백화점에 가고 싶은 마음을 참는다. 프라다 같은 명품이 여기는 꽤 살만하다. 그렇게 미치도록 비싼 건 아니다. 비싸긴 비싸다. 하지만 조금 더 싸다. 관세가 붙고 희소성 때문에 국내에선 무진장 비싸다. 물론 프랑스에서도 비싸다.

자기 옷장을 뒤져본다. 오랜만에 보는 좋은 옷에 감탄한다.

너무 예쁘게 입기는 그렇다. 남친과 데이트룩을 그렇게 입어야 한다.

집의 거울이 세련됐다. 전신 거울에 옷을 입고 비춰본다. 너무 좋다. 예쁜 모양이다. 로앙은 기분이 좋다. 다시 살고 싶다. 회사에서든 동네에서든 다시 살려고 한다. 다시 일어선 것이다.

맡길 코트며 옷들을 정리하고, 가을에 입을만한 옷들을 다시 꺼내 놓는다.

≡ *16* ≡

강도

누군가 쫓아온다.

집 앞에 2명이 대기를 타고 있다. 누구세요 물으면 대답하지 않는다. 누구인지 다시 묻는다. 연장을 챙긴다. 망치를 준비한다. 다시 크게 묻는다.

"누구세요?"

갈색의 외투는 사라진다.

≡ *17* ≡

술과 와인

프랑스의 와인은 엄청나게 유명하다. 센강에 따라 펼쳐진 거대한 황야, 그리고 온화한 기후. 4계절의 최상의 조건 때문에 엄청난 문명이 발달했고, 농업적으로 성공적이었다. 그런 큰 강 지대에 있기 때문에 다른 나라를 침범해 돈과 먹을 것을 뺏어오는 게 아닌, 자신의 나라를 그냥 지키기만 해도 되었다.

와인은 역시 프랑스라는 말이 있다. 프랑스의 레드와인은 세계 최고로 평가해준다. 영국의 브리티시 스코치처럼 말이다. 와인은 향과 함께 먹는다. 프랑스의 최고의 와인은 비싸고 최고다.

로앙은 와인을 먹는다. 저녁을 와인으로 마무리한다. TV에는 오늘도 사건·사고로 도배되었다. 그런 것들에 대한 책임과 난타전. 나라마다 다 그렇다.

왜 불을 냈고 왜 제시간에 구출이 없었으며, 왜 예방이 부실

했냐고 묻는 것이다. 다 책임의 공방이다. 선진국은 좀 더 따진다. 더 책임을 묻는다. 책임을 더 많이 져야 한다.

와인을 마시며 TV를 보며 살며시 웃는다. 이제 졸리다. 잠을 잔다.

≡ *18* ≡

뤼팽같은

프랑스는 예술 중에서도 문학이 특히 발달했다. 프랑스 문학의 정수로는 아르쉔 뤼팽이 있다. 뤼팽은 실존 인물이 아닌 셜록 홈스와 땔 수 없는 최고의 도둑이다. 도둑 중 최고이며 신사답고 사랑하는, 최고로 사랑받는 도둑이다. 셜록홈스와의 대결은 역대 최고로 홍미로워 19세기 모든 영국과 프랑스인들이 다 읽었을 정도로 홍미로웠다. 요즘도 아르쉔 뤼팽과 같은 도둑이 계속 전해지고 있다.

프랑스의 대표작가들이 많고 다 세계적 베스트셀러로 팔리고 있다. 예술을 장려하고 키워주는 파리의 시스템에 의해 계속 세계적 문학가가 나오는 것이다.

모두 프랑스 교육상 철학하고 생각하고 느끼고, 이런 교육을 많이 해서 문학적 발전이 많다.

프랑스인 같은 그 남자를 계속 생각한다. 누구인지 모르겠다.

신사적인 게 아니다. 영화에나 있는 2인조 강도가 그들인 것 같다. 꼭 잡아내서 경찰에 넘겨야 자신의 신변을 지킬 수 있는 것이다. 망치를 하나 챙긴다. 그리고 로앙에게로 간다. 한국으로 돌아가려고 한다. 더는 2인조 강도에게 쫓길 수 없다.

프랑스의 적국은 영국만이 아니다. 제일 심각한 문제는 독일에 있었다. 프랑스와 독일은 중세시대에 나라를 통째로 먹고 먹힌 그런 심각한 관계에 있었다. 독일군은 프리드리히 왕의 지휘하에 프랑스를 전쟁에서 이기고 지배를 한다.

지배 후 전쟁비를 물으란 이유로 프랑스의 돈을 모두 빼간다. 그 당시 모든 프랑스의 돈을 다 빼앗아 간 거다. 그다음이 프랑스로는 꽤 좋은 것이다. 독일에 다시 쳐들어가 독일을 반대로 빼앗아 버린 것이다. 그런 먹고 먹히는 관계 속에 세운 것이 중세부터 근대까지의 프랑스이다.

독일 역시 바로 독립을 하고 다시 전쟁한다. 너무 센 나라가 많아서 먹고 먹히는 관계가 된 것이다.

이탈리아, 오스트리아, 이런 나라가 전쟁을 낸 것도 살아남기 위해서였다고 생각한다. 열강을 넓혀야 또 살아남으니깐 말이다.

나라를 위해 계속 싸워야 한다. 옛날도 지금도 나라를 잘 지켜야 한다.

≡ 19 ≡

안개

파리에 안개 낀 날. 너무 좋을 뿐이다. 안개가 우중충하고 비가 우적 내리는 날 모두 분주히 움직인다.

파리의 안개 낀 날을 소재로 한 여러 영화, 그림, 노래들이 있다. 그야말로 장관인 것이다.

태구와 로앙이 만났다.

"한국으로 돌아가자."

"싫어, 여기 살 거야."

"제발, 여기는 우리나라가 아니잖아. 일을 할 수 있어? 뭐 말이 통해? 생각이 같아?"

"나는 다 된다고. 네가 말한 거."

"돌아가자 제발."

"꺼져 돌아가. 그만 만나."

"아오 돌아가. 거기서 일하고 살 거야."

“엿 까져.”

태구는 돌아간다. 날씨는 우중충해 비가 마구 내린다. 운다. 2인조가 따라온다.

≡ *20* ≡

강도

"흐헤헤헤 저놈 돈 많지."

"계속 따라가자, 다 먹자."

"we will eat you up!!!"

≡ *21* ≡

마지막 싸움

둘이 태구를 쫓아가 제압하려고 한다.

"뭐야. 니들 나한테 왜 그래 미친놈이 어디서!"

셋은 싸운다. 2대 1로 마구 싸운다. 태구는 헬스 보이다. 둘을 상대로 최선을 다해 싸우고 있다. 뒤에 숨겨놓은 망치를 꺼낸다. 대가리를 막 퍽퍽 친다. 둘 다 맞다가 피가 나며 기절한다.

"휴 이게 다인가…"

강도 한 명이 땅을 기다가 주머니에서 무엇을 꺼낸다. 전화기다. 강도가 112에 전화 한다.

"한국인이 저희를 망치로 팼어요."

"네 출동하겠습니다."

≡ *22* ≡

재판

경찰 조사 중이다.

"아니 쟤네가 계속 미행을 한다니깐요."

"살인 미수입니다."

"아니 쟤가 먼저 쳤어요."

"그래도 망치로 얼굴을 때린 건 살인 미수입니다. 코 좀 보십시오."

강도의 코가 안으로 들어가 있다. 태구는 픽 웃는다.

"야 웃어?"

"아 쟤네 전과 기록 좀 봐주세요."

태구가 말한다. 저놈들은 전과가 많은 흉악범이라는 것이다.

"아무것도 없습니다."

어이없어한다.

"아오 왜 강도가 전과가 없어."

태구는 어이가 없어 고개를 흔들며 자기 발을 본다. 오히려 자기가 더 전과가 있을 것 같다.

그때 로앙이 찾아온다. 국제 변호사를 데리고. 변호사가 말한다. 다 그 법적 싸움을 못 당한다.

“강제 조사권이 없습니다. 집으로 보내고 다시 정식재판을 통해 수사해주시기 바랍니다.”

“예!”

파이팅 세레머니를 한다. 태구의 영광이 함께하는 순간이다. 모두 태구의 드림 같다. 셋이 귀가한다. 경찰서는 무섭고 끔찍하지만, 죄는 봐주려고 한다. 그래서 경찰서로부터 귀가 조치를 받은 것이다.

≡ *23* ≡
프랑스 혁명

프랑스의 국기는 세계적 가치를 가진다. 파란색, 흰색, 빨간색으로 된 프랑스의 국기는 거대한 의미를 가진다. 프랑스의 혁명을 일으키고 중세, 근대, 근세로 이어지는 새로운 세상을 열어놓은 것이다. 열어 놓은 이 세상을 유럽을 아메리카를 그리고 아시아까지 지평을 연 것이다.

지배와 정치, 폭정, 모두 새로운 시대와 반대되는 것이다. 이것을 바꾸기 위해 다 함께 노력하는 것이 현재까지 온 것이 아닌가?

파랑, 흰색, 빨간색 모두 어떤 의미가 있다. 파랑은 자유, 흰색은 평등, 빨간색은 박애이다.

한국으로 돌아왔다. 빨리 한국으로 돌아가야 구속이든 수사든 피할 수 있다. 여친도 함께 가려고 한다. 태구는 모든 마음을 다해 말한다.

"프랑스… 나는 프랑스를 사랑한다."

"나도 너를 사랑해."

"같이 가자, 한국으로."

"내일이든 모레든 너와 함께 사랑하고 싶다. 프랑스에서 만난 너를 사랑하고 싶다."

"나도."

둘은 사랑을 속삭인다. 입술을 보고 있다. 둘은 사랑한다. 가슴이 뛴다. 7성급 호텔로 갈까? gogo.

싱가포르에서 회사 만들기

1부

≡ *1* ≡

한강에서 여가

"아나 진짜 이제 못 해 먹겠다."

"덥다 더워."

"이제 지겹다."

주인공 현이는 너무 힘들다. 최근에나 나타나는 힘든 일들이 아니다. 예전부터 겹겹이 쌓인 아픈 피로 같은 것이다. 깊은 피로감에도 조금이라도 나아지려고 한다. 그게 한강이 아닐까.

과자를 먹는다. 핸드폰을 만지작만지작한다. 더위 먹었다. 과자랑 더위랑 같이 먹는다. 너무 더워 죽을 것 같다. 에어컨도 샀지만 5년이 지나니 잘 시원해지지도 않는다. 덥고 더워 이제는 말복 더위를 견디는 중이다. 장마가 빨리 왔으면 좋을 정도이다. 장마가 빨리 와야 시원해지고 살 것 같다.

아유 시원해라 좀. 더위가 너무 덥다. 장마철을 지난 더위는 더 덥다. 너무 더운 날이 너무 길다. 급하게 쭉 오는 게 더위인 것 같다. 너무 더워 살 수 없는 이 찌든 더위. 이것을 어떻게든 견디고 싶다. 너무 힘들다. 하늘 위의 반짝반짝 태양이 있다. 태양이 너무 뜨겁다.

32세 김현은 놀면서 집에 있다. 집에서 밥만 먹고 사는 중이다. 잘 못사는 것도 아니다. 아빠는 대기업 사장이다. 아빠가 매일 먹을 것을 사주고 뭐 사주고 뭐 사주는 그런 일이 벌써 며칠째가 아니라 몇 년째 지난 것이다. 32세이지만 거의 애 수준이다. 아빠의 성공은 누구나 안다.

그런 아이가 되라고 꼭 커서 사장이 되라고 많은 주의를 받았다. 너무나도 성장을 잘하고 있었다. 그런 성장 중에 어른이 되면서 다 마음대로 되지 않았다. 힘이 든다. 어떻게든 아빠의 초점을 잃지 않아 거기에 맞게 성장하려고 힘이 많이 들었다. 너무 힘이 많이 든 거다. 누구나 될 수 있는 사장이 아니기에 최선을 다했어야 한다. 그러나 많은 실패와 좌절이 있었고 다시 일어서려고 하는 것이다.

집에 있다가 밖으로 나온다. G100을 타고 한강으로 간다. 차 안의 에어컨을 만끽한다.

"아따 이게 돈이라는 거다. 이 시원함과 럭셔리함이 바로 돈이다."

"아 내께 예전 꽤 부자이던 그놈보다 좋네. 이제 된 거 아이가."

"내껀 최고 라인인 G100 아니고. 어 이 커다란 트렁크에 배기통 한마디로 섹시하다 이거야. 어 이거 내가 이렇게 좋게 사서 좋게 잘 쓰고 있잖아."

잘 쓰는 것 같지 않다. 최악의 짓을 하고 있다. 혼자 한강에서 캠핑하기다. 혼자 하는 것은 최악이다. 자유로워 보이나 턱수염이나 기른 채 한강에서 반바지 쇼트 입고 고기나 구워 먹는 것은 나쁜 것이다.

SUV를 타고 한강 공원에서 노는 일은 옛날도 미래도 아니다. 한강에 내려 SUV 차의 트렁크를 열고 의자를 꺼낸다. 한강 공원 주차장 사람이 드문 곳에서 의자를 내려 자리를 잡는다. 밥을 먹으려고 컵라면과 보온병을 꺼낸다. 이열치열이다. 혼자 컵라면 5개를 먹는다.

"오 국물맛!"

계속 먹는다. 맛은 있다. 계속 이제는 음료수 하나를 마신다. 술을 다시 깐다. 비싼 양주하나를 먹는다. 캠핑을 같이 왔으면 좋은 최고의 여가이다. 하지만 혼자 술이나 먹고 있다.

"와 이 맛이다 진짜."

밥을 먹으며 무지개 나시를 입고 1억 원짜리 차에 기대어 이제 좀 쉰다. '아따 이게 바로 한강이지!' 하며 쉰다. 지나가는 자전거와 행인들을 본다.

"저 사람들은 모두 한가한데…"

잠을 잔다. 차를 운전하기 위해 4시간은 자야 한다. 잠도 잘 안 오는데 누워있다. 4시간째 따가운 햇살 아래 누워있다. 정신 차리고 한강 대로를 나서야 한다.

숙취가 안 돼서 확 깬다. 숙취 음료를 막 마신다. 그러곤 3시간을 더 잔다. 1시에 와서 5시까지 누워 있다. 다 시간이 지났다. 숙취 음료를 마시며 누워있다. 숙취는 다 비우는 것이다. 비워서 깨끗하게 만드는 것이다. 과연 술에 취해 앉아있는 모습이 우습기만 하다. 강남 한강 지역에서 술이나 깨며 앉아 있다. 지나가는 차를 본다. 강남대로를 보며 말한다. 와 저 사람들은 왜 이렇게 바쁜 걸까. 차들은 끝도 없이 좋고 빠르고 멋있다. 자신의 차가 더 좋다. 그게 최고 자랑거리이다.

차는 꽤 최근에 구매했다. 아빠를 졸라서다. 매우 비싼 차를 뽑으려고 최선을 다했다. 갖은 욕을 다 들으며 부자들이나 쓰는 GL 시리즈를 산 것이다. 모양을 보고 샀다. 연비, 드라이버 느낌, 외관적 탁월함. 하이브리드냐 전기냐 디젤이냐. 등등 모든 것을 보고 사지는 않았다. 가장 비싸고 좋은 것을 아빠 돈으로 산 것이다.

강남 도산대로를 가면 운전하기 어렵다. 다 비싼 차에 얼마나 복잡하고 도시 같은지 매우 어려운 곳이다. 그런 곳을 어릴 때부터 보고자란 현이는 너무 비싼 자동차를 사고 만 것이다. 처음 샀을 때는 좋았다. 여기저기 타고 다닐 때는 좋았다. 그러나 점점 관심 밖으로 빠진다. 매일 출근할 데가 있어야 자동차가 활약할 수 있다.

자동차를 타고 가는 길. 너무 행복했다. 그러나 이제 차가 우수함이 없어졌다. 마음에서 벗어나 버렸다. 가끔 일주일에 한 번 타는 차가 그리 소중한 것도 아니다. 이럴 때 차를 바꾼다는 친구의 말도 떠올랐다. 아예 스포츠카를 타고 다니면 좋다는 그런 소리를 들었다. 요즘 비싼 차는 최신유행에 맞게 돈을 내면 새 걸로 바꿔주는 그런 시스템도 있다.

차를 본다. 차를 닦는다. 세차장에서 차를 닦고 있다. 비눗물을 먼저 푼 다음 대걸레로 쓱쓱 닦는 것이다. 1만 원은 세차 값을 내야 한다. 쓱 닦고 쉬듯 드라이브를 하고 집으로 온다.

≡ *2* ≡

아버지의 훈계

깊은 생각을 한다. 사업계획 말이다. 새로운 직장을 만들 계획이다. 여러 어려운 사업, 예를 들어 생화학 연구실, 대기업 개발팀, 공사장 팀장직… 이런 것들에 질려 버린 것이다. 이런 것들을 제외한 자신만의 사업을 다시 시작해보려는 것이다.

현이는 자신의 장점부터 할 수 있는 것까지 모든 것을 떠올린다. 몇 개의 기술이 있다. 기술직을 원했던 현이다. 그러나 이미 취업 안되는 현이는 자신의 기술과 설계 그리고 창의성을 펼치고자 하는 것이다.

자신은 최선을 다해 위의 직 같은 전문성과 첨단의 기술을 가진 그런 사업을 만들어 보려는 것이다. 기계를 배운 자신은 꼭 사업을 해보고 싶다. 자신만의 사업을 꼭 다시 한번 해보고 싶은 것이다.

“아빠.”

아빠가 화내려고 한다.

"왜."

"저 외국에 회사 차릴래요. 돈 좀 주세요."

"뭐, 안 돼. 나도 돈 없어."

"그럼 용돈 모은 걸로 갈게요."

용돈은 조금 모은 게 있다. 다 아빠 돈이다.

"뭐 이딴 새끼가 다 있어. 너 그딴짓 하면 죽는다."

아빠가 화가 제대로 났다. 기업을 운영하면서 돈을 만지작거린 게 매일 있는 일이지만 아들이 허튼짓을 하려고 하므로 화가 기막히게 난 것이다.

"용돈을 얼마나 모았냐면요. 8,000만 원 있어요. 융자 끼면 3억 원까지 해준데요. 은행도 갔다 왔는데.…"

"아오 이새끼가 미친놈이. 나가 이새끼야. 당장 나가."

아빠는 뚱뚱하고 말이 거의 없다. 늙은 노신사이다. 아들한테 화났다. 아버지는 책을 읽다가 던진다. 화를 막 낸다. 매너 있고 신사적인 아버지도 못 참고 화를 낸다. 다 부수려고 한다.

"으이구 속 아파라 아들님."

"아이구 속 아파."

둘은 그렇게 사이가 나쁘다. 뭐만 하면 싸우다가 이런 사달이 난 것이다. 싸움이 서로에게는 지겹다. 아예 안 봤으면 한다. 그래서 멀리 떠나려고 한다. 무엇이 갈라놓았는지는 모른다. 그저 다른 곳으로 다른 나라로 이사하여서 살겠다는 것이다.

≡ 3 ≡
공항버스로 출발

'나간다. 다신 찾지 마세요. 잘 보자 공항버스는 언제 오는지.'

공항버스는 곧 온다. 강남이라 자주 오고 다양한 데서 많이 온다.

'여기네.'

공항의 출발 시간을 본다. 공항에서 아마 2시간의 여유는 있어야 한다. 거기에 쇼핑하려면 1시간 더 있어야 한다. 3시간 시간이 비게 출발한다.

저녁 8시, 마지막 공항버스를 타고 인천공항으로 간다. 돈을 이미 출금했다. 대출이다. 아침에 은행에서 5억 원을 빌려놨다. 거기에 비행기 예약을 하고 있다. 싱가포르가 제일 적당하다. 금융이 활발하고 사업을 장려해주는 싱가포르를 고른다. 별 아는 것 없이 싱가포르를 고른다. 그냥 비행기값이 싸다.

"아따 편도가 100만 원이네. 이거 진짜 좋겠구만."

공항으로 간다. 차에서 내린다. 흥분된다. 걱정은 안 된다.

커피를 하나 뽑아 먹는다. 제일 비싼 것을 시킨다. 음 카페라테가 제일 맛있어. 음 이 고유의 커피의 맛. 원두의 로스팅 맛이 느껴진다. 원두도 종류에 따라 냄새가 다르다. 좋은 원두인지는 매우 중요하다. 맛에 직결된다. 브라질산 원두, 아메리카 원두, 이런 것들은 아주 잘 팔리는 원두다. 더 좋은 원두는 매우 비싸다. 한 갑에 10만 원 하는 원두도 많다.

"가자 나의 최강 사업을 이룰 때까지."

"간다. 싱가폴."

"굿바이 나의 어린 시절이여."

≡ *4* ≡

면세점에서

수속을 하고 면세점으로 간다. 한 손에는 여권과 비행기표. 한 손에는 지갑과 핸드폰을 들고 공항 면세점으로 들어간다. 면세점에서 살까 말까 한다. 언제나 그렇듯. 면세점을 들어갈 때 가장 기분이 좋다.

일제 스파숍에 들어가 본다. 꽤 좋다. 품질 하나는 최고다. 계속 둘러본다. 명품과 협업한 제품이 있으면 사려고 한다. 그런 이벤트는 놓쳐선 안 된다. 부자라도 그런 것이 사고 싶다.

'그냥 기본으로 입을 린넨이나 플라넬 티 있으면 좋겠는데. 속옷으로 파는 티셔츠 같은 거.'

해외 명품 란제리 판매대에 간다. 커플이 고르고 있다. 으 쯧쯧하며 혀를 찬다. 자기도 하나 사고 싶다. 너무 요란하다. 명품이라 더 요란하다. 커플이 속옷을 하나 사고 있다. 그냥 아가씨도 란제리를 본다.

그때 기분 좋은 마음에 전화가 온다.

"야이새끼야 내 돈 어딨어!"

아빠다. 아빠 돈 빼 온 것을 들킨 것이다.

"몰라요" 하고 끊는다. 전원을 꺼놓는다. 아마 계속 욕이 올 것이다.

밥을 먹는다. 맛있는 밥을 사러 간다. 밥을 시킨다. 비빔밥과 불고기를 시킨다. 한식으로 파는 정통 먹거리다. 맛있게 혼자 먹는다. 혼자 밥 먹기, 혼자 술 마시기에 익숙해진 탓일까.

'와 비빔밥이라. 탕평하게 그렇게 회사를 꾸리고 싶군.'

조선시대 영조의 탕평책을 떠올린 것이다. 비빔밥은 정말 맛있다.

싱가포르 사람들은 서양인도 많지. 그런 탕평책을 펼쳐 나의 회사를 꾸릴 것이다. 하하하.

≡ 5 ≡

비행기 안에서

비행기에 앉는다. 오래된 것 같은 셔츠를 입고 있다. 고급스러운 느낌이다. 양복이고 코튼과 실크로 된 셔츠다. 옆 사람이 뭔가를 꺼낸다. 한국인인데 고위직 같은 포스를 품기는 아저씨다. 앉아서 눈을 감고 있더니 일어나서 영어로 된 문서를 꺼낸다. 몇 번은 본 것 같은 문서를 다시 검토한다.

'와우' 하면서 곁눈질로 계속 본다. '와 천재네' 한다. 비싸 보이는 연필로 쭉쭉 읽는다. 선을 그리는 게 공부를 보통 한 게 아니다. 대충 보니 무슨 내용인지도 모르겠다. 20장을 읽더니 집어놓고 다시 편하게 앉는다. 말을 서로 걸지도 않는다. 그래도 편하다.

김현은 화장실을 가려고 일어난다. 복도 쪽 신사분이 일어난다.

"죄송합니다." 하니 작게 "예." 한다. 다시 화장실에서 오니 한

번 웃는다. 들어가서 같이 앉아있다. 신사는 이어폰을 끼고 동영상을 시청한다. 이런 신사도 있군.

신사다운 사람이 되려고 노력했다. 아버지가 신사인 만큼 신사다우려고 배웠다. 인터넷으로 신사를 검색해 배워 보려고도 했다. 그건 전통성이 안 산다. 그럼 책이라도 읽으려고 했지만 마땅한 게 없다. 높은 사람이 돼서 영국의 신사처럼 멋진 사람이 되고 싶다. 이런 마음가짐이다.

옆 사람은 진짜 신사이다. 40대 초반의 친절하고 사람 좋은 그런 신사들 말이다. 가끔 친구 아빠 중에 있는 그런 신사 말이다.

'나도 꼭 성공한다. 꼭. 꼭 성공해서 저런 멋진 신사 아저씨가 될 것이다. 꼭 해내고 만다.'

≡ 6 ≡

싱가포르 도착

공항 도착. arrival time is 8am. have a good flight. thank you

"I am so sick. need some rest."

김현은 웃는다. 피곤하다. 싱가포르 여행은 6시간이다. 노곤하게 지쳐서 시계를 본다. 시계도 좋은 것을 사고 싶다. 시계의 크로노피그래프 같은 그런 비싼 종류의 시계를 갖는 게 하나의 꿈이다. omg 같은 씨스타가 한동안 인기를 끌었고 그것을 사려고 억수로 노력했다. 3개월 용돈을 모으다 다 써버리고 못 샀다. 노곤히 시계를 들여다본다. hamil 시계다. 짤깍짤깍 잘 간다.

휴 겨우 도착했네 하면서 기지개를 켠다. 모두 잠들었거나 핸드폰을 보거나 둘 중 하나다. 좋은 비행기에 있는 TV는 없다. 핸드폰도 와이파이나 LTE는 안 된다. 그저 사진을 보거나 저장

해둔 동영상을 보는 것이다.

쭉 걷는다. 심사장을 향한 길을 쭉 걷는다. 오후 햇살이 반갑기만 하다.

출국 심사장으로 간다. 대충 여행을 여기저기 왔다고 한다. 그러니까 알겠다며 들어가라고 한다. 그 사업계획은 절대 말하지 않았다.

≡ *7* ≡

호텔에 앉아

“아따 여기가 택시 타는 곳이네. 줄이 5줄 있네, 엉. 택시는 보자. 5대 서 있네.”

2시간이 그냥 가네. 무슨 서양인 늙은 아저씨들이 이렇게 많냐. 다 가볍게 있고 짐 이만큼 들고 와서 택시 기다리네. 국제화 도시가 맞구나.

기후는 정말 덥다. 차량도 매우 덥다. 택시를 탄다. 택시를 타고 호텔 잡아둔 곳으로 부탁한다. 영어는 다 된다. 조기 교육 때문이다. 아빠가 좋은 최고의 교육을 제공했기 때문이다. 영어는 기가 막히게 잘한다.

“자 이제 자전거를 타고 서울정도 크기니 전부 다 돌아보자.”

전부 다 돌아보려고 자전거를 타고 나간다. 자전거는 싱가포르 앱으로 결제한 공용자전거를 탄다. 요즘은 다른 나라의 수도에 가면 자전거 앱 대여가 다 있다.

그걸 타는 게 재밌는 여행거리다. 정말 편리하고 재밌다.

≡ *8* ≡

사자분수대

현이가 말한다.

"사자 분수대 여기구나. 잉어 같은 사자. 무슨 뜻일까?"

"오 머라이언이라는 거구나 이게. 저 앞의 호텔. 와 무슨 세 기둥에 배 하나, 와우 아름다울 뿐이로다."

"사진이나 찍어야지."

모든 세상이 하얗다. 하얗게 꾸며놓았다. 아시아의 금융의 허브다. 시설이 좋다. 그저 무슨 첨단 도시인 양 매우 하얗고 고급스럽다. 그런 곳에 앉아서 사자의 분수를 본다. 다 사진 찍는 서양인과 동양인들이다.

마치 하얀 바다와 너무 아름답다. 도시를 한번 둘러본다. 두바이 빌딩 같은 크고 빽빽한 건물들이 눈을 호화롭게 한다. 둘러보니 너무 좋다. 큰 도시이며 이것이 허브 도시라는 느낌이다. 여기서 일하고 싶고 살고 싶다.

도시의 불빛과 햇볕이 아름답다. 하얀 태양이 반사되어 분수의 물을 아름답게 보이고 도시들이 둘러싼 이 싱가포르를 환상적으로 만든다.

이제는 왕궁으로 간다. 싱가포르 왕이 살았던 왕궁. 호화롭고 아름답다. 꼭 TV 홍보물로 볼 수 없는 차원이 다른 왕궁이다. 쭉 둘러본다.

≡ 9 ≡

호텔에 앉아

다 돌아본 후 호텔로 들어간다. 저녁 9시다. 호텔 레스토랑에 앉아 생각한다. 여기는 천국이야, 사업할 공장이 나한테도 있어야 하는데…. 양복을 검은색으로 입고 혼자 앉아있다. 물가도 비싸지가 않다. 만 원에 여러 음식을 시켜 먹는다. 종업원이 온다. 주문한다. 호텔 레스토랑이라 그런지 꽤 좋다.

"무엇을 주문하시겠습니까?"

"이거 생선튀김 맛있죠?"

"네 잘나갑니다."

"이거 하나랑. 이 국물 스튜 같은 것 이거."

"네."

먹을 것 하나는 잘 시킨다. 아빠가 많이 사줬기 때문이다.

"이거 음료수 큰 거로."

맛있게 먹는다. 밥을 먹는다. 예전에 먹던 밥하고 다르다. 싱가포르의 해물은 맛이 다른 것이다. 어쩌면 낙원같이 같은 돈으로 사 먹을 수 있을 것이다. 엄청 싼데 억수로 입맛을 당긴다. 비싼 한국 레스토랑과는 맛과 가격이 차이가 난다. 계속 사업을 어디서 어떻게 무엇을 할지 생각한다. 한국에 이거를 가져가자. 이런 생각도 한다.

"와 맛있네! 잘먹었어요."

≡ *10* ≡

회사를 열다

날씨가 한국에서 여름 중 제일 더운 것, 딱 그것이다. 그것이 보통의 날씨이다. 모두 네모난 상자같이 집과 회사가 있다. 공장은 파란색 바탕에 빨간색 장식이 들어간 네모 상자 같이 되어있다. 블록으로 만든 하나의 도시처럼 거리마다 블록으로 만들어져 있다. 네모나다 전부다. 집은 또 억수로 고급지다. 대저택이 많고 고상하고 예쁜 집이 많다.

입은 폴로 셔츠에 땀이 난다. 폴로 셔츠를 대량으로 사놓은 후. 폴로만 입는다. 폴로 카라티는 아빠 거를 다 뺏어 입었다. 그래서 폴로 셔츠만 10개가 된다. 고급스러운 흰색이 제일 좋다.

코튼으로 된 흰색 셔츠를 잘 입는 서양인이 많다. 자신도 눈여겨본다. 이거 괜찮네 한다. 한국 와서 살 것을 다짐한다. 꽤 좋은 브랜드를 골라야 한다.

싱가포르 수영장을 본다. 에메랄드빛이 나고, 썬텐 의자가 쭉 놓여있다. 무슨 최고급 호텔 같이 되어있다. 돈을 10만 원은 내야 들어갈 만한 분위기다.

준비해온 아이템 구상도와 설계도를 꺼낸다. 다시 한번 본다. 차량 부품을 자기만의 효율로 만들어 보려는 것이다. 아빠한테 전화한다.

"아빠 내가 구상한 거 3개 보여줬잖아. 그거 바로 쓰일 수 있겠지?"

"야 이놈 자식아 미친놈이 뭐 하는 거야!"

"아빠 되냐고 안 되냐고?"

"이런 미친 자식이 다있…되 이 멍청아!"

끊는다.

'된다는 거지.'

이 제품을 꼭 많이 만들어서 해내고야 만다. 아빠의 전공지식은 말도 안 된다. 전부 다 실무로 익히고 있어 파고들 수도 없다. 그래서 아빠한테 물어본 것이다. 항상 이거 돈 되는지 안 되는지 물어봤다. 항상 그렇듯이 한번 물어본 것이다. 된다는 것은 된다고 해 주셨다. 이번에도 물었다. 다 기계적인 것을 만들려고 한다. 자동차 부품에 혁신을 가져올 수 있는 경쟁력 있는 부품을 납품하려는 것이다. 잘될지 안 될지 모르겠다. 된다는 확신을 가지고 한다.

≡ *11* ≡
회사 만들기

10일이 지났다.

"예 여기로요."

"예 그건 절로."

인부 5명이 공장을 리모델링하고 있다.

"예 여기 옮기게 손 좀."

점심은 자장면 대신 치킨 덮밥 같은 치킨 요리를 누가 사 와서 먹는다. 정말 맛있다. 일하다 먹는 치킨 마요 같은 치킨 요리는 정말 맛있다.

옆집 아저씨가 보고 간다. 여기는 공장 하나하나가 다 주택가에도 있고 도로를 지나다 보면 엄청 많다. 그래서 주택에 사는 사람과도 친한 관계가 필요하다. IKEA 같은 건물을 상상에서 떠올리듯이 똑같이 지으려고 한다.

조립부, 생산부, 판매부로 회사를 꾸렸다. 회사를 3분화 해서

6명의 직원으로 회사를 굴리려고 한다. 조립부 직원과 생산부와 판매부 모두 김 사장 방법으로 만들어 보려 한다. 자기가 전부 다 굴릴 생각이다. 그냥 노동자들을 싸게 사려고 한다.

≡ *12* ≡

면접

약간 춥다. 에어컨을 많이 틀어놔서 약간 춥다. 밖은 따뜻하다. 기분 좋을 만큼 긴장하고 있다. 어떤 사람이 올지 기대가 된다. 어떤 지원자들이 올지, 궁금하다. 많이 왔으면 좋겠다. 일을 보고 실망해서 가지를 않기를 바란다. 최선을 다해 심사하고 뽑으려는 심산이다. 한명 한명 앉는다.

한번 밖을 보며 누가 왔나 본다. 다 꽤 괜찮다. 다 괜찮은 것 같다. 거기에서 필수인력만 뽑는 것이다. 아직 누구를 뽑을지를 모른다. 엄청난 실력자도 괜찮다. 더 좋은 사람도 괜찮다. 그저 같이해보려는 것이다.

싱가포르는 잘사는 게 보통이 아니다. 지원자 역시 잘살 것이다. 긴장된다.

"빨리 들어와요."

다 긴장된 가운데 천천히 들어온다. 사장이 말한다.

"5명 왔네요. 일단 우리가 할 일을 말할게요."

"오키오키."

지원자들의 용모를 보며 웃는다. 꽤 공부 좀 하고 일잘하게 생겼다.

"기술이 있으신 분?"

한 지원자가 손을 들며 말한다.

"저요."

현이는 바로 궁금하고 중요해서 묻는다.

"뭐죠?"

"수학."

"okay 수학 필요합니다."

이야기가 계속된다. 현이는 다른 지원자에게 묻는다.

"당신은?"

"판매직 잘 팔아요."

"무슨 경험이 있죠?"

"매장 5년 근무. 관두고 새로운 직을 찾는 중입니다. 그런 기회를 주시면 감사하겠습니다."

"무슨 경험인지? 더 자세히 설명해보세요."

"다 팔았다니깐 재고도 없을 정도로 모두 완판했습니다."

"알았어요."

승인을 나타내는 말이다. 그 지원자는 매우 기분 좋아 한다. 거의 합격권이다. 이제 다른 직종에 대해 인터뷰를 한다.

"조립 직 지원하신 분?"

"나."

"조립이 뭐에요 어떻게 하는지 원리 좀."

"설명글대로 okay."

"okay 이렇게 5분을 뽑겠는데 왜 오려는 거예요. 이유나 들어 봅시다."

얘도 승인이다.

"니랑 똑같이 일하려고야."

"그래요 같이 갑시다. 한번 같이 해봐요. 검토 좀 더 해보고 연락드리겠습니다."

오예 다 같이 말한다.

≡ *13* ≡

호텔에서

인부들에게 문자가 가끔 온다.

"왜 이렇게 느려요, 언제 알려줘요?"

그러나 기다린다. 열심히 일하게 만들려고 그런다.

"기다리세요. 안 가르쳐 줍니다."

TV를 본다. 이제 무슨 재미인지도 안다. 현지 싱가포르를 이해한 것이다. 다시 TV를 보며 dinner 파티를 하는 1층으로 간다. 거기서 파티 같은 것을 하며 논다. 양복을 입고 캐시미어 양복 재킷을 딱 맞게 맞춘 후 파티를 간다.

'파티 의상이 음, 나이스 하게 입으려면 넥타이를 조금 어려운 무늬를 고를까?'

≡ *14* ≡
일 시작

일을 시작한다. 모두 출근해서 일하고 있다. 철을 녹이는 작업 중이다.

“아 이거 안 녹네.”

김 사장이 다그친다.

오늘 안에 못하면 뒤진다.

“안 돼요 이거.”

별 기술이 없다. 그런데도 하라고 한다.

기술직 두 명이 계속 이야기한다. 그러더니 철물점에서 용광로를 사 오더니 녹인다. 전부 다 녹일 수 있단다. 셋이서 녹여본다. 아무것도 안 녹는다. 풋 하며 웃는다. 김 사장도 웃는다.

철광로를 인터넷으로 배달시킨다. 셋은 웃으면서 제일 비싼 거 사보자고 한다. 그렇게 기술직은 일하고 있다. 판매직은 계속 여기저기 전화 중이다. 김 사장이 묻는다.

"계약 몇 건?"

직원들이 풀이 죽어 얘기한다.

"계약은 없고…"

김 사장이 다그친다.

"왜 없어!"

직원2가 말한다.

"문서 보내래요. 검토해본다고."

사장이 오더를 내린다.

"왜 다 설명해줘야지."

직원2가 따진다.

"일단 제품이 다 나와야죠."

"okay. 다 됐는데 안 팔리면 죽는다."

직원3이 나이가 많다. 잘 따진다.

"니 탓이지 왜 나한테 그래."

다 웃는다. 온종일 일을 한다. 일주일 동안 일을 했다. 이제 조금 굴러간다.

≡ *15* ≡

협력

이제 일이 한창이다. 모두 자기 일을 들고 죽어라 일한다. 일이 돌아가는군 하며 현이는 생각한다. 모두 자기 일을 하고 있다. 아직 다 서툴다. 돌아갈지 안돌아갈지 곧 갈린다. 모두 최선을 다해야만 일을 성공 시킬 수 있다. 주물부터 설계, 계약 모두 엄청나게 힘든 일이다. 싱가포르인들의 능력이 중요하다. 어느 정도 할 수 있는지 모른다.

"야 이제 거의 비슷합니다."

성공적으로 주물이 완성됐다.

"되죠 왜 안돼!"

직원들이 성공의 확신이 있다. 된다는 것이다. 머리가 좋다.

"맞춰 보자."

다 떨린다.

"오 된다."

전부 다 환호한다.

"되네요."

다 박수 친다. 손을 맞잡고 좋아한다. 다 만세를 부른다. 만세 만세 하며 좋아한다. 만세를 부르며 서로를 부둥켜 앉는다.

"더 팔게 이거 대량 생산해, 되겠지."

"되지."

"얼마나 걸리겠어. 계약 판매 다 해내야 해."

okay. 모두 다 성공을 축하하며 웃는다.

≡ *16* ≡

회사의 하루

아침 5시에 일어난다. 잠을 깬다. 부스스 머리를 감고 호텔 로비로 나온다. 키를 반납하고 주차장으로 가서 차를 탄다. 차를 하나 샀다. 2,000만 원이면 하나 산다. 현지의 좋은 차를 타고 회사로 간다.

7시에 IKEA 같은 네모반듯한 회사에 출근한다. 출근은 제일 먼저다. 출근해서 사장실에서 냉장고에 냉동식품을 대충 먹는다. 한 명이 온다. 웃는다. 같이 무엇을 먹는다. 고기며 김밥이며 한국 음식을 먹는다.

"와 맛있네!"

"맛있지!"

이제 공장을 굴린다. 자신의 아이디어대로 다 돌아가게 한다. 하나하나 자신의 계산이 틀리지 않게 굴린다.

공사장에서 주물하는 것이 주요 업무다. 거의 다 만들어서 판매 준비 중인 포장이 100개가 넘는다. 계약상 2,000만 원이다.

점심시간이면 다 같이 밥을 먹는다. 죽 같은 것도 먹고 치킨 요리가 많다. 그냥 매일 먹으니 그런대로 맛있다.

저녁이 되어 이제 쉰다. 전부 다 싱가포르 술집으로 간다. 오늘은 무슨 술집 갈까 하는 게 주된 고민이다. 오늘은 내가 쏜다. 이런 식의 개그를 한다.

"아 이거 맛있네!"

"오우예스!"

"술이나 한잔 건배!"

"건배!"

이렇게 사업의 하루가 지나간다.

≡ *17* ≡

넷이 수다

넷이서 수다를 떨고 있다. 어제 TV 이야기다. TV 드라마 내용이 이러쿵저러쿵 얘기하고 있다.

그때, 무겁게 생긴 아저씨와 세고 큰 여자 경찰원, 그리고 자동차가 시끄러운 소리를 내며 공장으로 들어온다. 보기만 해도 무섭다. 치안이 잘된 나라라 경찰이 엄청 무섭다.

차량의 소리에 귀가 먹먹하다. 이게 대체 무슨 일인지 하고 동네 사람들도 보러 온다. 다 추리닝의 옷을 입고 한명 두명 나와서 쳐다본다. 무슨 일인지 모르겠다면서 소곤댄다. 동네의 주거지도 공장과 매우 가까이 있어 무슨 일이 생기면 다 안다.

짙은 파란색의 경찰복과 가무잡잡한 구두를 신고 회색 배지를 차고 들어온다. 매우 엄격한 표정이고 덤덤하다. 아마 무엇이든 잡아서 끝내려고 하는 것이다. 사업이든 사장이든 무언가를 끝내버리려는 것이다.

"싱가폴 경찰서입니다."

공장으로 경찰들이 찾아왔다.

"왜요?"

"무허가로 일하고 있다고 신고가 왔습니다."

"다 서류 냈는데요."

"무허가 영업입니다."

화를 낸다. 어이가 없을 지경이다. 모두 허가를 받았기 때문이다. 허가를 받았으니 어이가 없는 것이다.

"아니라고. 다 냈다고."

"한국에서 동의를 안 해주었습니다."

"네? 이런 시파ㄹ…"

경찰서로 사장이 끌려간다.

≡ *18* ≡

재판장께

"사랑이 다였던 우리에게 여기에서 보니 행복을 찾을 수 있었어요."

재판이 한국에서 열린다.

"그렇습니까? 어떤 행복입니까?"

"모두 다 사랑을 쫓지 않습니까. 자신을 버리고 성공만을 위해 뜁니다. 하지만 그 속에서 행복을 못 찾습니다. 거기서 행복을 찾으려고 노력을 해야 합니다. 그렇습니다."

"알겠습니다."

집으로 돌아온다.

집에서 아빠가 말한다.

"야 그게 다 작업이 돼야지. 허가를 내주지."

"아빠 니가 다 해놔라"

"오냐 도와주마."

엄마가 안아준다. 아직 애라니깐 하며. 가족이 다시 보고 싶다. 가족과 가까워지니 다시 옛날 같고 좋다. 가족과 함께하고 싶은 마음이 돌아왔다.

며칠 후, 허가 심판이 나고 사업의 허가권을 한국과 싱가포르로부터 받아냈다. 너무 행복했다. 허가서를 들고 다시 싱가포르로 갈 것이다. 적법절차를 거쳤으니 보호도 받을 것이다. 사장은 너무 행복하다.

≡ *19* ≡

모두 모여

"빨리 와. 김 사장."

싱가포르 직원들이 부른다. 사장을 오라고 한다.

"오냐."

김 사장이 대답한다. 다 같이 밥을 먹는다. 일을 시작한다.

#나의 회사. 행복한 싱가포르. 아이 러브 디스플레이스.

1부 끝

2부

≡ *1* ≡

한국에서 식사

“아빠 사장님 하기도 힘들죠.”

“그래.”

“저도 좀 알 것 같아요.”

회사를 굴리고 한국 집에 와서 쉬고 있다. 1달에 2번은 집에 온다. 좀 쉬다 간다. 이제 자신은 international 사업 중이라며 소개를 한다. 부품을 대기업으로 납품시키고 나서 회사가 매우 번창 중이다. 성공의 달콤함을 누리려고 한다.

“오늘은 레스토랑에서 밥을 먹죠 아버지.”

“오냐 뭐 먹을래?”

“해외 같은 느낌인 레스토랑 어때요. 제가 예약해 볼게요.”

셋이서 레스토랑에서 식사한다.

“아이는 몇 나을까? 아내 선 좀 봐줘.”

“선도 외모 많이 봐. 너 힘들어 선도…”

"제발 봐줘 엉?"

웃으며 밥을 먹는다. 사업 얘기며 싱가포르의 현지 얘기며 계속된다.

"아 거기 케밥, 치킨, 닭죽, 이런 게 기가 막히더라. 한식도 있긴 있는데, 우리 밥이랑은 또 달라."

"맛이 어떻디?"

아빠가 묻는다.

"밥이 진짜 고들빼기 이런 거야. 와 이렇게 먹는구나 싶더라고. 중식 일식 이런 것도 다 들어와 있던데 다 비싸고 맛있던데. 또 해산품이 와, 생선 커틀렛 그런 게 스테이크 같이 나오는데 3천 원이면 레스토랑에서 먹으니 얼마나 맛있고 좋던지."

"맛있겠네."

"해산품은 진짜 잘 만들어. 비린내 이런 게 거의 없어. 요리사가 좋은지."

"그렇게 좋나?"

아빠가 물어서 바로 대답한다.

"또 5가지색 요구르트를 한 세트로 팔거든. 그거 먹는 재미야."

"오 또?"

계속 싱가포르 편의점 음식 얘기로 밤을 새운다. 먹어본 것은 다 말한다.

≡ *2* ≡

다시 출근

출근한다. 자전거를 탄다. 자전거를 샀다. 제일 빠른 속도로 도착한다. 40분 거리다. 그렇게 싱가포르는 크지 않다.

다 와서 일을 시작한다. 다음 프로젝트를 생각 중이다. 적자 없이 잘 굴러가나 더 열심히 해야 한다. 수학을 전공한 사원과 이야기를 나눈다.

"좀 더 효율적인 모델이 가능하지 않을까요?"

둘은 계속 얘기를 나눈다. 계산해본다. 조금 더 좋은 모델을 구상 중이다.

"오케이. 이제 조금 쉬자."

"예 사장님."

≡ *3* ≡

싱가포르의 시민들

모두 다 영어가 능통하다. 다 영어로 소통한다. 어린이부터 노인까지 모두 영어를 잘한다. 김현은 놀러 다니기 바쁘다. 자전거를 타고 가다가 길을 잃으면 친절한 시민이 다 가르쳐 준다. 친구들은 대다수 싱가포르에서도 외국인인 그런 사람들이다. 세계인이 모여 있어 금융 문화의 허브인 나라가 바로 싱가포르다.

카페도 수영장도 매우 시설이 멋있다. 대단한 돈이 들었을 만큼 좋다. 자전거를 타고 가다가 있는 문화재를 들어간다. 문화재도 엄청나게 멋있다. 그런 최고의 도시다.

≡ *4* ≡
싱가포르 동료들

더위가 장난이 아니다. 싱가포르의 기후상 매우 덥고 후덥지근하다. 외국의 생생한 이 기후를 너무나도 좋아하는 사람이 많다. 가끔은 비가 내린다. 쓱 내리고 만다. 그래도 거의 모든 날씨가 다 맑고 덥다는 것을 알아야 한다.

"저 할 말이 있어요."

새로 뽑은 직원이 말한다. 보통 체격에 조금 나쁜 얼굴을 하고 있다.

"뭔데?"

김현은 말한다.

"저 사실 취업 안 돼요. 다 막혔어요."

"그렇다 이 말이지. 내가 부르는 서류 다 제출해."

직원 하이파우는 열심히 일한다. 가끔 다혈질이지만 괜찮은 직원이었다. 김현은 서류를 본다. 서류에는 취업 불가라고 쓰여 있다.

“아따 이걸 어떻게 해줘. 아예 다 막아 놨구만.”

현지 법을 아는 직원과 이야기를 나눈다.

“안 돼요. 불법이긴 한데 그냥 하면 안 돼요?”

“저도 그 생각입니다. 어떻게 할까요?”

법의 허용 정도를 봐야 한다.

“가처분 내봐야죠.”

“그럽시다. 변호사 임명하고 가처분을 받아 오기로 합시다.”

새로운 베트남 청년을 다시 살려야 한다. 어떻게든 직원으로 만들어야 한다. 그렇기 위해 법을 알고 그 법이 우리나라와 다를 것이다. 사장의 권한으로 뽑아야 한다. 법이 막으면 어쩔 수는 없다. 싱가포르 법을 찾아본다.

≡ 5 ≡

사원의 집

직원 4명이 찾아간다. 그 직원의 집을. 불쌍해서 죽을 만큼 눈물 날 거라 생각했다. 하지만 그런 것이 아니다. 이미 결혼도 했고 아기도 1살짜리가 있다. 잘산다. 집도 꽤 좋은 아파트다. 아파트가 있기는 한 싱가포르의 수도다. 꽤 넓은 아파트에 꽤 고급 인테리어가 되어있다.

"여기가 집이야?"

아내가 차를 대접한다. 싱가포르어로 잘리면 끝이라고 한다.

"아이 좀 봐요. 저 잘리면 이 아기 어떻게 키워요."

"내 말이…"

"아따 이거 어쩐다냐."

싱가포르도 좋은 나라답게 잘산다. 최상의 복지국가이다.

"인테리어에 감탄한다. 사진을 본다.

"야 이거 호랑이랑 찍은 이건 뭐야."

"호랑이 착해."

당연하지. 사원들도 말한다.

"호랑이 착해?"

"우린 다 다뤄, 기본은 아닌데 할 줄 알아야 해."

보양식을 먹는다.

"야 이거 뭐야?"

"왜요?"

다시 원론으로 돌아와서 사장이 말한다. 다 듣는다. 다 긴장해서 듣는다.

"너희 집이 못 사는 건 아니야. 맞지? 근데 우리와 일을 했으나 취업 불가였어. 그치. 근데 끌고 가려고 한거야, 법적 구속이 없다면 해주기로 한 거고."

"네."

집주인 사원이 말한다. 웃으면서 그저 웃긴 일이라는 듯이

"우리 일없어도 돼요. 놀기만 해요."

"그래?"

다시 묻는다.

"그래도 일하면 좋잖아."

"와 이거 나라가 진짜. 좋네"

"일 안 해도 된다고?"

사장이 계속 질문한다. 우리와 다르다는 것이다.

"네."

'우리 다 그건데 이새끼.'

"그럼 하지 말래?"

"그냥 해요. 5년 계약직으로 정규직만 안 돼요. 제가 변호사 물어보니 대기업 정규직 아니면 된데요."

"그래?"

"계약직 합격."

≡ 6 ≡

싱가포르의 법원

전부 다 너무 친절하다. 말을 물어 거절하는 법이 없다. 다 너무 친절해 싸움 같은 것이 생길 수가 없다. 거리를 다니면 가끔은 인사를 한다.

법원에서 동의를 구하고 있다. 재판은 아니고 조정 정도 되는 심판이다. 계속 말하고 사장이 써준 괜찮다는 동의서를 읽고 있다.

3시간을 기다린다. 합법 여부를 모른 채 6시간을 기다린다. 합격이다. 이렇게 사원으로 합격이다. 예에. 거짓으로 좋아하며 다 웃는다.

"빨리 회식 가자, 번화가 거기 2번 골목, 오케이?"

≡ *7* ≡

공항에서

마지막 9시 비행기이다. 기내식으로 먹으려고 쫄쫄 굶었다. 그렇게 수속을 기다리는데 핸드폰과 지갑이 없다.

아 자전거 타고 다니다 흐른 것으로 추측된다. 이건 거의 거지나 마찬가지이다. 아무것도 할 수가 없다. 지하철도 못 타고 택시도 안 될 것 같고 공항버스도 선불이라 못 탄다. 여권은 있다. 비행기표는 핸드폰에 들었다. 싱가포르 안내 데스크로 간다.

"여권만 있고 핸드폰과 지갑이 없는데…"

"수속 G에 가서 물어보세요."

G에 간다. 아무것도 없다고 말한다. 싱가포르는 친절하다. 3분간 계속 말해주더니 무슨 말인지 모르는 말을 한다. 그렇게 다시 수속하는 데로 한국 직원이 있는 데로 간다.

"돈이 없고 여권만 있어요, 표도 안에 있는데. 뭐 어떻게 해요?"

"아이구 임마. 열로 오세요."

티켓팅을 다시 해야 한다고 한다. 티켓팅은 핸드폰으로 할 수도 있고 종이로도 할 수 있다. 어떤 곳은 여권만 제시해도 된다. 하지만 이번 수속은 다 불가능하다. 없으면 어찌어찌 할 수 있는데 이것이 그것이다. 기장한테로 간다. 허가가 날지 안 날지 모른다고 한다. 30분을 기다린다. 모든 싱가포르 여행객을 다 본다. 한명 한명 다 지나간다. 빠르게 지나가고 그런 짧은 만남이 다 아찔하다. 여기서 비행기를 놓치면 미아가 되는 것이다.

"이렇게 안 되는 구나."

20분을 더 기다린다. 하이포우 같은 사람이 지나가다가 선다. 그러더니 입으로 살짝 말한다.

"돼."

'되나?' 하고 기다린다. 안될 것 같다. 임파서블이런 단어가 들린다. 그러다 10분을 더 기다린다. 드디어 부른다.

"여기 너 여권 비행기표, 수속   으니 빨리 출발. 5분 안에 출발함으로 빨리."

"네 감사합니다 감사합니다. 감사합니다. 정말 고맙습니다."

면세점을 지나쳐 마구 뛰어간다. 너무 행복하다. 50번 플랫폼까지 뛰어간다. 마구 뛰어 도착한다. 한참 수속 중이다. 수속을 들어간다. 수속을 들어가서 마주친다. 아까 그 직원들이 들어간다.

"정말 친절하세요."

okay.

"싱가폴 비행기가 곧 출발합니다."

자리에 앉아 눈을 감는다. 울음이 터진다. 눈물이 주르륵 흐른다. 정말 행복하구나 싱가포르는. 내가 이렇게 행복하게 살 수 있어, 다시 한번 옆 나라를 보니 살 수 있구나. 나는 그저 행복합니다. 아버지 어머니 저는 행복합니다.

비행기는 출발한다. 하늘을 가른다. 잠을 잔다. 어두운 하늘 아래 밝게 켜둔 라이트가 사라진다. 모두 깊은 잠자리에 든다. 고요한 밤이다.

나의 싱가포르에서 회사 내기 성공.

≡ *8* ≡

한국의 결혼식장에서

"사랑합니다. 사랑합니다. 사랑합니다."

주례자가 군기들에게 말한다.

"번쩍 드세요 다시 더 크게!"

"사랑합니다."

"합격!"

전부 다 웃는다. 회사 식구들도 와있다. 전부 다 환영해준다.

2부 끝

목걸이를 훔쳐라

≡ *0* ≡

1890년 청나라의 황실

"와 대단합니다. 너무 아름답습니다."

왕비의 파란 목걸이에 모두 감탄하였다. 사파이어를 가공한 푸른색 목걸이에 모두 눈을 의심하였다. 이 목걸이는 차고 있으면 공주가 된다는 목걸이였다. 공주의 표시이며 공주를 증명하는 의표였다.

"모두 잔치를 시작합시다."

≡ *1* ≡

1891년, 청나라의 항구도시에서

"우리 청나라의 미래를 위하여 공주님을 더 안전한 곳으로 보내야 합니다. 이 목걸이를 부탁하네. 우리의 미래이네."

"네 알겠습니다."

"어디로 떠나야 할까요?"

"한국, 러시아, 라오스 어디로든 가지."

"그럽시다."

≡ *2* ≡

2020년, 강남의 대치동

현수는 늦잠을 자고 있다. 더 잘 자는 게 이긴다고 여기는 듯 잠은 남자답게 많이 잔다. 찬미는 다시 일어나서 아침밥을 한다. 둘은 부부이다. 둘은 결혼을 하게 되었고 그 후 잘살고 있다.

서로한테서 안 떨어지려고 노력 중이다.

“여보야, 밥 먹어.”

찬미는 말한다.

“나 잠 좀 더 자자 응?”

현수는 말했다.

“잠 좀 자자 응?”

“나 그러면 삐질 거야 알겠어?”

찬미는 삐진척한다.

“여보, 잠은 우리가 만족할 수 있게 자야 내일을 사는 거야 오케이?”

현수는 말했다. 찬미가 빠르게 되받아쳤다.

"잠을 자야 만족한다고? 그렇다고 잠만 자면 어떻게 해?"

둘은 일어나서 같이 밥을 먹는다. 서양식 식단이 아닌 전통 한국 식단을 먹는다. 그것이 강남에서 태어난 찬미의 요리 솜씨다. 요리학원에서 전통 한식을 익혀서 그것을 써먹는다.

"이쁜 우리 아내 요리가 기가 막혀요."

현수가 말한다.

"내가 좋아 음식이 더 좋아?"

"난 셋 다."

"뭔데 하나는?"

"당신 노래."

현수는 웃었다.

"그래 그렇구나."

찬미도 웃었다.

두 사람의 저녁은 아무렇게나 흘러가지 않는다. 누가 보면 사람이 아니라 찹쌀떡처럼 보일 정도였다. 두 사람은 서로를 너무 좋아하여 저녁 시간에도 같이 놀았다. 외식을 많이 하며 사람들을 만나는 그런 일을 했다. 또 저녁에는 파티를 갈 만큼 둘 다 성공한 삶을 살고 있다.

"오늘 고기 구워 먹자."

현수는 웃으면서 말했다.

"고기는 삼겹살이지."

"그럴까 말까?"

찬미는 망설였다. 고기를 먹는 건 살이 찌는 것이기 때문이다. 찬미는 헬스를 다니면서 지방조절에 힘쓰고 있다.

"내가 10인분 쏜다."

"헉…"

찬미는 대답했다.

"야 고기 2점도 안 먹는데 10인분? 그게 몇 점인지 알아 1인분에 20점씩 200점이야 200점."

"가자 밥 먹으러 출발."

둘은 고기집에 가서 같은 열에 앉아 밥을 먹는다. 팔짱을 끼고 행복한 얘기를 계속해서 꺼낸다. 둘의 저녁은 이렇게 행복하다.

"밥 너무 맛있어."

현수는 말한다.

"그래 많이 먹어. 우리 어떤 어려운 일이 일어나도 다 고기 힘으로 이겨 내야 해 알겠지?"

찬미가 다그친다.

"그래그래."

현수가 말한다.

"오늘 락콘서트에서 부를 노래 한번 불러봐도 될까? 너한테 들려주고 싶은데…"

"콜 불러봐."

"다시는 싸우지 않아
우리는 해낼 거야
이겨낼 거야 온갖
역경과 고난을 온갖
힘을 다해
우리의 싸움은
끝나지 않아
이겨낼 수 있어
어떠한 일이 있어도
다시는지지 않아
이겨내자 아자"

현수는 칭찬을 기다린다.

"오 좋은데?"

찬미는 칭찬해주었다.

"내가 다시 한번 불러도 돼?"
"내가 락하면 웃기겠지?"
현수는 빵 터진다.

"다시는 싸우지 않아
우리는 홰낼 꺼어야
이겨낼 거야 오온가갖
역경과 고난을 온갖
힘을다해
우리의 쌈은
끝나지 않으며
이겨낼 수 있어
어떠한 일이 있어도"

"하하하 다 부른 거야?"
찬미는 웃는다.
"아 이게 뭐야 망했어."
현수는 웃는다.
"그래 내가 그렇게 노래 부르니깐 좋지?"
"어 재밌어."

그렇게 두 사람은 행복한 시간을 보낸다. 둘의 사랑은 너무 깊어 파헤칠 수가 없을 정도이다. 그런 사랑을 하며 두 사람은 행복하게 지내고 있다.

≡ *3* ≡

2020년 6월, 형범과 인수의 하우스

"나다. 니들의 주인."

악마 원동이가 인수와 형범이의 하우스를 방문했다.

"예 형님."

인수는 말한다.

"내가 너희들을 얼마나 생각하냐 하면, 자다가도 경련이 나 경련이 어 알겟어 어 알겠냐고 어 어어?"

원동은 악의 축을 담당하며 인수와 형범이를 알고 지냈다. 원동의 별명은 난봉꾼 원동이었다. 모든 일에 난봉을 부려 망하게 하는 특기를 가지고 있다. 모두 원동의 큰 키와 많은 근육을 무서워한다.

"예 형님."

원동은 두 사람과 매우 친하다. 악을 원동이가 그들과의 토론을 통해 정한다.

"저번 사건으로 쫓기고 있다 이거지?"

인수는 목을 다쳤다. 다친 목에 붕대를 감고 겨우겨우 살고 있다

"형님, 저희 칼 건은 실망 마시죠. 더 좋은 것을 알고 있습니다."

원동은 빙긋 웃었다.

"혹시 캐나다에서 들어왔다는 그 목걸이 말이냐?"

형범이는 계속해서 말했다.

"중국의 황실에서 쓰인 목걸이인데 값어치가 대단하더군요. 어떻게든 저희가 훔쳐 그것을 팔아야 합니다. 그걸 팔기만 하면 흐흐흐흐. 중국 라오스를 거쳐 캐나다에 전시되어 있다가 그것이 한국의 한 바이어에게 사졌다는 거 아닙니까? 그것을 훔쳐내기만 하면 되는 거 아닙니까."

"그 바이어가 누군데?"

"바로 lpl의 회장입니다. 수조 원대의 재산가인 그 회장은 파티에 전시하고자 그 목걸이를 샀다는 거 아닙니까?"

"지금부터 작전을 짜자. 나의 인수와 형범아."

"예."

≡ *4* ≡

2020년 6월, 찬미의 연습실

찬미는 노래 연습에 한창이다. 찬미는 노래를 부르기 위해 엄마와 함께 연습실에서 노래를 부르는 중이다.

"산들바람

산들산들 부는 바람

오늘도 내일도 흘러가는

언제 들어도

부는 바람

내일도 오늘도 흘러가는

노래말이 흘러가는

언제나 내일이

흘러가듯

바람도 이처럼

흘러만 가거라”

“엄마 노래 어때요?”

찬미가 노래를 부른 후 말한다.

“그래 좋다.”

엄마가 말한다.

“찬미야 어떤 노래를 더 집중해서 연습하면 좋을까?”

엄마가 묻는다.

“나는 현대 가곡이 너무 좋더라.”

찬미가 말한다.

“가곡도 한 번 불러 볼래?”

엄마가 요구한다. 자신과 닮은 전통가곡을 좋아하는 모양이다. 현대든 과거든 가곡은 거의 안 바뀌었다. 다만 전통가곡을 부르는 것이 엄마는 더 좋은 모양이다. 엄마는 「고요한밤 거룩한밤」 같은 가곡을 부르는 것이 좋다고 판단한다.

“엄마가 좋아하는 그거 한번 불러봐.”

“날나리야

날나라디야

날나니리 날나리

날나리 디야 날나리
날려날려 바람에 날나라
날나리다야 날나리다야 날리고말고
날나리야 날나라야 날나리디야 날나라날라"

"약간 비가 오는 듯, 바람이 세게 부는 듯 빠르게 부는 게 포인트."

"오케이 다시 한번 더."

또 음악을 열창한다. 엄마는 노래를 부르게 시킨다. 계속되는 연습이 지겨울 수 있으나 찬미와 엄마는 지겹지 않게 계속해서 부른다. 그 힘이 대표 성악가가 될 수 있는 원동력이었다.

"다시 한번 다른 노래 불러봐."

엄마는 듣다가 다른 노래를 부른다. 엄마는 성악 교수이며 성악가이다. 딸은 가요를 부르는 연습생이다. 엄마는 계속해서 노래를 가르쳤다.

"하늘높이 구름은 높고 높은데
우리임 발걸음은
땅밑이구나
언젠가 될테냐

높은 구름처럼

흘러갈테냐

곧 봄이 오면은 이뤄지겠지

노래를 부르며

기다려보자"

오 나이스 좋은 노래야.

"오늘은 그만하자."

엄마와 딸은 노래 연습을 끝낸 후 강남 집으로 돌아가고 있다. 신혼집은 강남인 다른 아파트이다. 그래도 엄마는 차로 바래다준다. 엄마와 딸은 그 정도로 사이가 좋다. 강북에 있는 대학교에서 강남으로 오면서 청담대교를 타고 온다.

청담대교로 오면서 한강을 쳐다본다. 한강은 너무나도 예쁘고 잘 조경이 돼 있다. 오후 6시 노을이 질 무렵의 한강은 아름답기만 하다. 다리 밑으로 지하철이 지나간다.

"엄만 운전하다가 한강 보면 무섭지 않아?"

딸이 묻는다. 운전을 거의 하지 않은 탓이다.

"너는 뭐가 그렇게 무서운 게 많니?"

"나는 뭐 그냥 차 타는 게 연습이 거의 안 돼서 면허는 있는데."

"노을 좋게 물들었네."

엄마가 말했다.

"그러게 말이야."

"노을이 있어야 달도 뜨겠지 해보다 큰 둥근달이 보일 수도 있잖아."

"해보다 둥근달?"

"어 마치 더 하얗고 더 크고 더 예쁜 달."

"말하는 것 좀 봐…"

엄마가 웃었다.

≡ *5* ≡

2020년 7월, 현수의 대학원 강의실

현수는 노트필기에 한참이다.

"곡선 그래프와 직선 그래프의 차이가 뭘까?"

현수의 친구 준현은 대답한다. 아주 우등생이고 공부도 열심히 한다. 그런 모범적인 학생으로 현수와 반대인 성격을 가진다.

"볼록 오목성이 없습니다."

현수는 무엇을 말하고 듣는지 잘 몰라한다. 졸업하고 취업 대신 대학원을 선택했다. 2년 안에 다시 취업을 해야한다. 취업은 자주 가는 무대의 가수가 되고 싶은 마음도 있으나 어찌 다시 보면 안정적인 일자리를 찾아야 했다.

칼로 싸웠던 지난날을 생각해보면 그때 얻은 훈장은 생계에 보탬이 되지 못한다. 훈장이라는 것은 어쩌면 명예이지 모든 것은 이니다.

현수는 노래를 들으며 강의실을 나왔다.

대학교 도서관을 가서 리포트를 제출해야 하기 때문이다. 리포트를 쓰면서 컴퓨터 스크린 잡지를 훔쳐보았다. 잡지를 좋아하는 편은 아니지만 가끔은 본다.

≡ 6 ≡

2019년 12월

"중국 황실의 보물 우리나라에 오다

lpl회사 사내에 전시될 예정!"

목걸이는 사파이어색으로 크고 둥그 다. 은색으로 다이아몬드가 반짝이고 있었고 그 중앙에 큰 사파이어가 달려 있었다. 사파이어의 말은 번영과 번성이다. 그런 의미를 지닌 사파이어를 현수는 재밌는 모양으로 본다. 하얀 바탕에 은빛 다이아몬드 그리고 둥근 사파이어. 모두가 좋아할 수밖에 없는 모양이다.

현수는 말한다.

"아따 곱다."

≡ *7* ≡

2020년 10월, 파티장에서

"여보 우리 파티 갈까?"

"응 어디? 내가 가도 되는 파티야?"

"어 lpl 브랜드 런칭 파티에 오래."

찬미가 가고 싶다는 듯 말했다.

"그래 가자."

현수가 자신감 있게 말했다.

찬미는 드레스를 무엇으로 입을지 고민하기 시작했다. 자신의 집에 있는 드레스를 입어본다. 노란색 투피스 드레스와 초록색 숏드레스 중 하나를 입기로 한다. 아무래도 뮤지컬영화에나 나올법한 노란색 투피스 드레스를 고른다.

현수는 역시 턱시도를 꺼냈다. 모두 찬미의 돈으로 산 옷이지만 별 부담 없이 입는다. 100만 원이 훌쩍 넘는 옷이다. 허리를 바싹 조이고 흰색 와이셔츠에 하얀색 재킷을 입었다.

7시에 출발하여 9시에 시작하는 런칭파티에 참석하기 위해 자동차를 끌고 갔다. 현수가 운전해서 갔고 내리자 8시였다. 지정된 자리에 앉은 후 파티를 시작했다.

서로 술을 한 잔씩 마시며 여러 이야기가 곳곳에서 꽃피었다. 매력적인 얼굴과 몸매를 한 아가씨와 남자들은 서로를 쳐다보면서 여러 이야기를 나누었다. 찬미 역시 마찬가지로 계속해서 말을 나누었다. 5명쯤 이야기를 한 후 주위를 둘러보자 lpl회장이 자신을 쳐다보고 있었다.

"아름다우십니다. 찬미 양."

"과찬입니다. 이렇게 어려운 자리에 나오게 불러주셔서 감사합니다. 기회가 되면 회사 CF나 저녁 파티에서 노래를 불러도 될 자리를 마련해 주시겠습니까?"

찬미는 과감하게 말했다. 자신이 중국의 공주라도 된다는 듯이 말이다.

"그렇게 합시다. 너무 아름다워서 그런데 우리 파티의 시연을 좀 해주시면 안 되겠습니까?"

"시연이요? 무엇을?"

"이 목걸이를 한 번 착용해보았으면 합니다."

"정말 하고 싶습니다. 한번 해봐요."

파티는 절정을 향했다. 이야기는 계속되었고 비싼 요리가 계속해서 테이블로 올라갔다. 분위기는 후끈했다.

"자 이렇게 목걸이를 걸쳐봅시다."

가느다란 목덜미로 목걸이를 걸쳤다. 마치 중국의 공주처럼 아름다웠고 사람들은 놀라워했다. 파티의 공주처럼 아름답고 사람들의 주목을 받았다. 모두 박수와 갈채를 보내었다. 현수 역시 보다가 브라보만 외치었다. 사랑스러운 눈으로 찬미를 바라보는 그때였다.

"연막탄이다. 이놈들아."

하며 외치면서 연막탄이 터졌다. 원동은 연막탄을 5개나 준비해와서 그것을 터트렸다.

"우앗."

모두 다 놀라서 혼비백산으로 변해버렸다.

"전부 다 머리에 손 올려 이놈들아!"

인수가 외쳤다.

그러고 있을 때 형범이 빨리 찬미한테로 접근을 했다. 그리고 커터 칼로 목걸이를 채더니 목걸이를 빼앗고 달려 나갔다.

"그럼 우리는 이만 가보겠수!"

인수가 외쳤다.

원동이 말했다.

"나의 형범 나이스 굿 잡."

현수는 얼핏 보았는데 그것이 인수와 형범이었다. 그것을 보고 깜짝 놀라더니 달려가기 시작했다. 인수와 맞닥뜨린 뒤 둘은 싸우기 시작했다.

"또 너냐!"

인수는 외쳤다.

"그래 나다 이것아 교도소에 있어야 할 놈들이 말야 어 이게."

"뭐여 이런."

인수와 현수는 몸싸움을 벌였다. 둘이 대등하게 싸우고 있을 때 원동이 나타났다.

"그냥 뿌셔버려."라고 외치며 슈퍼맨 펀치를 날렸다. 엄청난 충격량으로 현수를 내동댕이쳤다. 현수는 바닥에 내려꽂힌 후 정신을 못 차렸다. 엄청난 원동의 힘과 난봉으로 현수는 질겁했다. 그리고 그 셋은 오토바이를 타고 도망치기 시작했다. 현수 역시 자신의 차를 가지고 뒤쫓기 시작했다. 다시 한번 추격전이 일어난 것이다. 현수는 160km가 넘는 속도로 그들을 뒤쫓았고 그들은 100km로 난봉을 하였다. 다 추격해서 차를 이용해 오토바이에 받으려고 하자 원동이 권총을 꺼냈다. 권총으로 바퀴를 쏘자 차는 중심을 잃고 회전하다가 갓길에 받아버렸다. 그리고 그 셋은 웃었다.

≡ *8* ≡

2020년 10월, 부듯가에서

"아 얘를 어쩌지?"

"옷 벗겨서 창피 주고 고문하고 보내자고."

원동이 또 난봉을 피우려고 하였다.

"오케이."

그들은 또 현수에게 참을 수 없는 치욕을 주었고 웃으면서 그를 괴롭혔다.

≡ 9 ≡

2020년 7월, 부둣가에서

경찰 장훈이 부둣가에 왔을 때는 이미 늦은 후였다.

"괜찮으십니까 현수군?"

"그런 게 아니에요 너무 창피해서 미쳐버리겠네 아오."

"경찰서로 가시죠."

≡ *10* ≡

2020년 11월, 경찰서에서

경찰들이 다 출동해도 못 잡는다고?

지훈은 인수와 형범이를 교도소에 넣은 후 탈옥으로 인해 월급과 지위가 내려갔다.

“어떻게 합니까? 부둣가로 간 건 나른 건데 다른 나라로.”

장훈은 한숨을 쉬었다. 경위가 왔다.

“어디로 튀었을 거 같아요?”

수치심을 입고 경찰 수사에 또 함께하게 된 현수가 말했다.

“라오스, 미국, 중국 세 나라에 있어요. 그들은 항상 원래 있던 곳에서 가서 팔거든요 비싸게 팔아먹으려고.”

현수는 울상이다. 다시 생각하기 싫은 치욕을 2번이나 당한 채 또다시 복수를 불태우고 있었다. 소방차라도 있어야 얼굴이 붉어진 것을 식힐 수 있을 정도였다.

“좋은 아이디어네요 그 세 나라부터 조사합시다.”

≡ *11* ≡

2020년 11월, 대기업에서

lpl 회장은 눈물을 계속해서 흘렸다. 그 목걸이의 비밀 때문이다.

"그 목걸이는 우리 가족의 홍망성쇠를 의미하네. 우리는 청나라에 공주를 바쳐서 공주로 만들려고 했고 그 결과 그 목걸이를 받을 수 있었고 그것은 우리 가문의 성공을 뜻해. 우리 가문의 가보를 드디어 찾아서 손에 넣었는데 이렇게 되다니 너무 슬프네."

옆의 lpl 사장은 회장에게 말했다.

"회장님, 꼭 찾을 수 있게 해놓을게."

회장은 말했다.

"되겠지?"

사장은 단언한다.

"경찰 인력보강 해놨고 우리도 찾고 있고…"

"꼭 찾아야 하네."

회장은 계속해서 눈물을 흘렸다.

"우리의 가보를 다시 찾을 수 있다면 어떠한 일도 견뎌낼 수 있네."

≡ *12* ≡

2020년 10월, 경찰서에서

“아직 빠져나가지 못했을 거예요 우리영해 말이에요.”

수현은 말한다.

“왜 그렇죠?”

정훈이 묻는다.

“조금밖에 시간이 안 된 데다가 그 어선, 그 어선이 너무 조그맸어요. 가다가 난파될 가능성이 있어요.”

“맞는 말이네.”

지훈이 말했다.

“그럼 어떻게 찾을지.”

A팀 정훈이 말을 꺼냈다.

“서해 다 뒤집니다. 함정들에 다 수사 요청 해주시고 수색 시작합니다. 그 목걸이 원가가 5백 억 원이 넘어요.”

“서해팀 수색바람 서해팀 수색 바람.”

무전기에 말을 한다.

“전원 대기합니다.”

“이번에도 못 잡으면 우리 짤립니다. 사활을 걸어야 합니다. A팀 알겠습니까?

정훈이 심각하게 말한다. 지훈 역시 마찬가지로 심각하다. 수현은 고개를 숙인 채 치욕에 대해서 생각하고 있다. 모두가 다 고개를 숙인 그 순간 무전이 도착했다.

“여기는 서해 순찰팀 응답바란다…”

≡ 13 ≡

2020년, 한국에서

"빨리 가자 인수야."

원동이 말을 채근했다.

"야 우리 끝났다."

인수가 울면서 말했다.

"왜?"

원동이 무섭게 말했다.

"여기까지 왔는데 기름이 떨어졌어."

그들은 서해를 통해 중국으로 밀항하려 했다. 어선을 미리 섭외해두고 그것을 탔는데 기름이 부족했다.

"야 그럼, 어쩌냐? 나의 브레인 형범 아이디어를 줘."

형범이 말했다.

"다른 배가 지나갈 때 폭죽을 터뜨려서 부른 다음 그 배를 훔치거나 기름만 달라고 하거나…"

"기름만 달라고 하자."

원동은 뛰어난 판단력을 가졌다. 필요 없는 싸움은 안하겠다는 것이다. 그러나 그 둘의 생각은 완전히 빛나갔다. 7일째 아무도 안 지나간 것이다. 그때 해경의 배와 맞닥뜨렸다.

"잠시 검문이 있겠습니다."

"저희 그런 게 아니라 그거요 그거 기름이 없어요 기름 좀 주세요."

해경은 수상함을 느꼈다.

"신분증을 보여주십시오."

"신분증 없습니다."

"그때 형범의 주머니에 있던 목걸이가 떨어졌다."

'어 저것은…'

셋 다 얼음이 됐고 해경과 싸움이 시작되었다. 해경은 곧바로 경찰 지원을 했고 지훈 A팀과 장훈 B팀과 현수가 출발했다. 현수가 3시간 동안 싸우고 있던 배에 올라탄 후 총으로 원동의 다리를 쐈다.

"분하다 현수… 너를 다음에는 꼭 죽이고 말겠다."

수사는 마무리되었다.

≡ *14* ≡

2020년 12월

둘은 파티에서 술을 마시고 있다. 훈장 얘기를 하니 사람들이 칭찬 일색이었다.

"자 오늘 우리의 승리를 위하여."

그렇게 찬미와 현수는 위기를 넘기고 잘살게 되었다.

혼자 어떻게 살 때까지

≡ *1* ≡

인천공항에 도착

인천공항에 도착했다. 옆에 앉은 조용한 승객 때문에 잠을 잘 자고 도착했다.

"내리실 때는 없어진 물건이 있나 확인하시고 승무원의 지시를…"

"와우 잘 잤네."

일어나서 가방을 챙기고 서서히 나온다. 밤 비행을 마치고 돌아오는 것이다. 어두컴컴한 비행기에 불이 켜지고 한명 한명 일어나 짐을 챙겨 나간다. 밤 중 욕설이 들린다. 밤이 너무 고요해서 욕이 들린다. 하나의 불치병처럼 욕이 들려 살 수가 없다.

비행기에서 내려 인천공항 지하로 걸어 들어간다. 공항은 사람이 많다. 사람이 매우 부쩍인다. 에스컬레이터가 놓여 있다. 쭉 걷는 사람도 있다. 그냥 그 속을 뚫고 걷는 사람과 일어난 채로 쭈욱 있는 사람. 다 와서는 그 속을 뚫고 버스를 타고 서울

집으로 간 주인공도 있다.

"차장에 기대 보자."

사람들의 하나하나 모두 세련됐다. 비가 오지도 않는데 예민해진다. 예민해져서 그런지 욕은 점점 더 크게 들린다. 아무도 얘기하는 사람이 없다. 하지만 욕이 계속 들린다. 욕이 계속되는 이 상황이 어이가 없는지도 몇 년째이다. 무엇을 찾는지에 따라 욕이 바뀐다.

고속도로를 따라 비가 오지도 않는 황무지의 땅을 달린다. 욕은 바보 멍청이 이런 욕이 아니다. 신경망을 뚫는 그런 잔인한 욕이다. 신경이 하나하나 욕에 의해 활성화된다. 그렇게 욕이 계속되는 것이다. 끊임없는 욕.

"빵빵!"

밤이라서 고요하지만 차 소리는 쌩쌩 들린다. 차는 계속 간다. 차를 타고 바깥을 본다. 차가 빨리 달린다. 곧 안내음이 들린다. 어두운 밤거리를 불꽃 조명 속에 달린다. 어두운 하늘과 거리 달리는 불꽃을 맞으며 어둠을 뚫고 달린다. 계속 달린다. 계속 차가 지나간다. 20초에 한 번씩. 지나서 가로등을 뚫고 달린다. 달려서 달려서 집으로 간다. 숨이 벅차다. 자동차가.

자동차의 욕 소리도 아니다. 욕이 계속 들린다. 어쩌면 차가 내는 소리일지도 모른다. 욕 소리와 함께 차에서 내린다. 잠시

오줌을 싼다.

"여기 잠시만 세워요."

오줌을 길게 싼다. 너무 힘들다. 오줌싸기 힘들만큼 지치고 욕에 갇혀 있다. 대로 옆길에 차를 세운다. 다 욕을 하며 피해간다. 차의 정체에 큰 영향을 줄 것 같다. 사고처럼 말이다.

"이제 출발해요."

자 다시 누워 볼까. 소리는 계속된다. 어디서 왔는지도 모르는 것이 계속된다. 뇌의 파열같이 계속된다. 숨이 벅찬 건 차인지 사람인지 모르겠다. 장시간 운전과 비행으로 쩔어 있다. 숨이 벅찬 차를 타고 트렁크에서 가방을 꺼내 집으로 온다. 집은 깜깜하다. 아무도 없다. 버스에서 데려다 주면 기다릴 엄마 아빠 모두 없다. 모든 것은 없어졌다. 허망한 표정밖에 그리고 욕밖에는 남아 있지 않다.

"하 아무도 없구나. 이제 나 혼자 남는구나…"

혼자라서 슬픈 사람이다.

"눈물이 난다. 아흑. 눈물이 난다."

밥을 기내식만 먹고 왔기에 배가 고프다. 슬프다.

"하…"

눈물만 난다. 밥을 한끼 두끼 먹는 것도 이제는 지쳐버린 지 오래나 햄버거와 치킨도 지쳐버렸다. 집밥이 그립다. 엄마 아빠가 그리운 만큼이나 집밥도 그립다. 밥 한 끼 한 끼가 너무 맛있다. 그래서 더 싫다. 엄마 아빠의 맛없고 순한 싱싱한 밥이 너무나도 그리운 것이다. 다시 볼 수 있다면… 그게 바라는 것이다. 보고 있어라.

≡ *2* ≡

허한 집

여자인 친구한테도 차인다. 그러나 포기하지 않는다. 같이 살 사람이 필요하다. 아무도 오지 않는다. 친척도 아무도 오지 않는다. 같이 살려고 한다. 누군가가 필요할 뿐이다. 형제도 부모도 없다. 다 죽어버린 것이다.

공허만이 남은 집에서 가볍고 나쁜 짓을 한다. 룸메이트를 구하는 것이다. 룸메이트를 구해 같이 오순도순 살아 보겠다는 것이다. 바로 욕이 나온다. 욕만 계속된다. 아오 미친 이런 욕만 계속된다. 상황이 거의 다 욕이다. 이미 욕을 듣는 것만 남은 상황이다.

그 속에서 생각한다. 4명만 있어도… 핸드폰을 잡는다. 룸메이트를 구해 보고자 한다. 룸메이트에게 셋방살이를 주고 같이 살아보려는 것이다. 전세라도 좋다. 전세로라도 이 큰 40평집을 어떻게든 같이 살아보려는 것이다. 집은 널찍한 집에 파티나 있을법한 조명등 6개에 15평의 거실이 있다. 같이 살만하다. 넓은 집이 더 공간이 많다. 사람도 바뀐다. 집에 따라서, 그러나 혼자는 아무 의미가 없다.

혼자 있기 심심해서 리모델링 공사를 한다. 리모델링 공사를 하며 사람들을 맞아보겠다는 것이다. 럭셔리 잡지에나 나올법한 공사를 너무 멋있게 했다. 무슨 궁전 같다. 바닥에 일단 최고급 원단의 카펫을 깐다. 거기의 카펫을 하나하나 바꾼다. 그 후 가구를 비싼 원목으로 된 가구를 설치한다. 럭셔리 리모델링의 진수를 보여준다. 가구 하나하나 최선을 다한다. 장롱과 서랍을 카펫과 같은 색으로 맞추어 놓는다. 3일간 각도와 예술을 보며 집을 꾸몄다. 집이 예술이다. 이제 룸메이트를 구한다.

"나랑 같이 사실 분?"

인터넷 카페에 올린다. 조회 수가 올라간다. 조회 수가 올라가며 사람들이 붙는다. 나도 나도 이런 댓글이 주된다. 의외로 대박이 났다. 사람들이 마구마구 댓글을 쓰고 전화번호를 달라는 댓글이다.

"와 이거 사람들 억수로 오겠네."

≡ *3* ≡

많은 사람을 모아

"이렇게 많이 오실줄 몰랐습니다. 5분이 모였습니다. 자기소개 합시다."

인수는 말한다. 너무 행복한 밤입니다. 이런 식이다.

인심 좋게 생긴 아저씨가 말한다.

"그려 같이해."

한 명은 어부이고, 두 번째 사람은 할아버지이며, 세 번째 사람은 농부였다. 셋 다 살 곳이 없어 여기저기 다니다가 소식을 듣고 온 것이다.

"그래, 자기소개를 합시다."

(어두워지며 한 명 한 명 상황을 보여준다.)

(농촌)

농촌은 덥다 추웠다가 심하다. 가을 추수만 돼도 매우 추워진다. 아궁이에 불을 켠다. 불을 켜서 하나하나 장작을 줍는다. 장작은 큰 나무 여러 개와 지푸라기로 피운다. 불이 붙는다. 불이 붙고 차가운 정원이 밝아진다. 장작을 켜며 하나하나 지푸라기를 줍는다. 불이 붙고 환하다.

부엌에서 한창 요리를 하고 있다. 냄새가 난다. 숯불 향보다 좋다. 새가 노래를 부른다. 별이 하나씩 뜬다. 별이 매우 많이 보인다. 별이 뜨기를 바란다. 별을 하나하나 쳐다본다. 어두워지며 장작불이 타들어 간다. 장작불이 절정이다. 타는 냄새가 난다. 장작불이 탄다. 연기가 타오른다. 불에 손을 쬔다. 매우 좋다. 겨울이 와도 버틸 수 있겠다. 보일러 불도 계속 지펴야 한다. 누군가 계속 경운기를 타고 지나간다.

(어촌)

생선을 잡는다. 생선 시장에 가져다준다. 다 담아 놓고 비싸게 판다. 오늘 다시 일을 나가야 한다. 강 낚시보다 무서운 게 바다

낚시다. 계속 바다로 나가야 한다. 바다의 바람과 날씨를 본다. 웬만하면 나간다.

이제 곧 나간다. 해풍을 뚫고 출렁이며 나간다. 바닷바람이 분다. 너무 날씨가 좋다. 그물을 친다.

돌아온다. 만선이다. 먹을 것이 많다. 회를 떠먹고 남은 생선 몇 마리를 집으로 가지고 온다.

불을 지핀다. 생선을 굽는다. 팔려는 생선은 다 갖다주었다. 남은 생선을 먹는다. 남은 생선을 가지고 굽는다.

(도시)

담뱃불을 붙여 담배를 피운다. 후읍 하아 담배를 피우며 연기가 올라가는 것을 본다. 하아.

≡ *4* ≡

인테리어

"와 이거 불 조명 좋구만."

이야기가 좀 낫다. 인테리어 얘기를 한다. 낮아도 욕만 들리는 것보단 낫다. 욕지꺼리가 점점 나오려고 하자 화제가 새로 나온 것이다. 욕은 다르다. 욕이 훨씬 더 찰지고 나쁘다. 그런 욕을 진짜로 듣는다.

"미친 이거 뭐야. 화장실이 3개여 뭐여."

"강아지 한 마리 데려올걸. 어 우리 집 강아지 한 마리 데려올걸."

옥색 바닥재로 대리석보다 고급스럽고 미끄러운 바닥이다. 형광을 발라놓고 거울이 된 듯 아름답다. 마치 현대적인 느낌 중의 느낌이다. 너무 요즘 미국 제일 비싼 동네에나 깔아 놓을 듯한 바닥이다.

그다음 가구이다. 형색적 이상학적 느낌을 담은 이 가구들은 모두 유럽제 명품들이다.

"가구가 이게 뭐냐? 초좋네."

전자기기 역시 최신이 되는 초고화질 초 기술적 제품들이 전시같이 되어 있다.

"나 여기 살래유."

≡ 5 ≡

새 식구

다 자기 방에 짐을 푼 후 거실로 나온다. 여러 이야기를 한다.

"무슨 그게 그런 게 있데유?"

"내 말이 그래유 그게 뭐유?"

"도시가 너무 좋아유."

계속 이야기를 나눈다.

≡ 6 ≡

회의

4명이 모여 앉아 뭐할지를 정한다.

"산에 버섯을 같이 채취하러 갑시다. 어떻습니까?"

"그럼 청운산으로."

농부가 말했다.

"아냐 거기서 안 돼. 거기 능선 따라 가다 보면 좋은 참나무가 많아 그런데 거기 독사도 있고 낭떠러지로 떨어지는 그런 나쁜 곳이야. 계속 찾아가야 돼. 어려서부터 거기 청운산에 가면 너무 위험해 가면 큰일 빠져."

"그럼 미운산으로."

"아냐 거기는 완만한 경사이기는 한데 힘들어 900미터야. 산 짐승도 많고 어려워 가기가."

농부는 말한다.

"그러려면 경기도 저기 아래 계곡 따라 쭉 올라가는데 거기 조금 있어 삼이나 버섯이나…"

어부가 말한다.

"멧돼지 있자. 그거 잡자, 돈된데이 총하나 있으면 잡는데이."

할아버지도 말한다.

"잡으소 잡어."

넷은 산에 가서 멧돼지 하나를 잡아서 내려온다. 잡기는 힘들었다. 그러나 그 정도 잡는 것은 일도 아니었다. 아주 힘든 싸움을 예상했으나 그렇게 세지가 않았다. 그래서 잡아 버렸다.

"구워 먹자."

"이게 삼이랑 똑같은 거거든. 어 억수로 맛있고 건강한 거거든. 팔아도 몇백 만 원 안 나올까?"

어부가 말했다.

"그래."

이글이글 멧돼지를 구워 먹는다.

"맛있네."

"이게 고기가 뭐냐하면 많이 뛰거든 그럼 많이 뛰어야 맛있는 거거든. 많이 뛰어당긴 거 먹어야 해. 멧돼지도 말이야 뚱뚱한 거보다 날씬한 게 억수로 비싸."

"음…"

어부가 말한다.

“이것도 낚시하듯이 그물 좀 치면 잡히겠는데이.”

“맞다. 그거 잡히겠네.”

≡ *7* ≡

낚시 출발

"낚시나 가자."

"그러자."

"낚시란 말이지 기술이야 어떻게든이 아니라 물살을 잘 봐 물살을 잘 보면 보이여, 어? 기술이 이게 확 오거든 그때 잘 확하며 끌어내야 해 어? 물게 요리조리 미끼를 왔다 갔다 해야 해."

"오케이."

"가자 그럼."

≡ *8* ≡

산으로

"우린 다 자연인이라."

"그려 난 농사꾼으로 태어나서 땅 다 잃으니 갈 데가 없었어. 땅을 잃으니 갈 데가 없어, 집 하나 있는 것도 빚으로 날려 먹으니 아무것도 안남아. 그냥 누워있을 땅도 없었어."

"나는 없어 아무것도, 없지만 배 한 척 있었어. 아내 도망가고 걸어."

"우린 다 자연인이라."

"그려 가진 거 얼마 없어. 그냥 즐기며 사는 거야."

≡ 9 ≡

마지막 힘

힘을 내서 한 번 더 가본다. 욕은 점점 크게 들려온다. 한 번 더 해볼 뿐이다. 욕이 최대치에서 계속된다.

'한 번 더 해볼 수 있을까…'

욕이 계속된다. 난봉꾼인 내가 한 번 더 해본다. 면접실로 비장하게 들어간다. 숨이 막혀도 그저 최선을 다해 들어가서 앉는다.

≡ *10* ≡

용기

인수는 말한다.

"저에게도 한 번의 기회를 주세요."

"그런 건 없습니다."

"제발 한 번만 기회를 주세요."

"그런 건 다른 데서 말해야 돼요."

"무엇이든 할게요. 경비든 경호든 짐꾼이든 무엇이든 할게요."

"그런 게 없어요."

"다 할 수 있어요. 모든 것을 다 할 수 있다고요. 어떻게든 모든 것을 다 할 수 있다고요. 저는 높게 살아오던 저는 이제는 모든 것을 다 할 수 있어요."

"그런 전형이 없다니까!"

"저는… 믿으니까. 나를 누구보다 믿으니까."

"한번 해보고 싶은 걸 말하세요."

"많은 욕을 받아도 난 어떤 어려움이 있어도 난 나를 믿고 다시 일어섭니다."

면접관이 말한다. 봉투를 보이며

"하시려면 계약서 보낼게요."

"네?"

희망에 차 말한다.

"네?"

"직원으로 같이 일하자고요."

≡ *11* ≡

집으로

비행기에 탑승한다. A3번 좌석에 앉는다. 창문 자리다. 사람들이 탄다. 앉아서 이어폰을 꽂고 문서를 꺼낸다.

"와우 It's so much hard contract" (어려운 계약)

문서를 한 장 한 장 검토한다. 하나하나 다 이해하며 견적을 낸다. 이득이 많은 계약이다.

비행기를 타며 이코노미석에서 한숨을 쉬며 읽는다. 견적을 낸 것을 계산한다. 비행기가 출발한다. 핸드폰을 에어플레인 모드로 바꾼다. 요즘 제일 비싼 핸드폰이다. 핸드폰으로 계산을 때리고 곧이어 안내방송이 시작한다.

"영국으로 향하는 이 비행기는…"

옆에 앉은 탑승자는 아이와 엄마다.

"자리 좀 비켜 주시겠습니까?"

매너가 달라졌다.

"네."

다시 돌아와 착석한 후 바깥을 본다. 시계를 보며 업무를 계속한다. 제습이나 온도, 압력 모두 최상이다. 그런 푸른 비행을 한다. 욕이 들린다. 하지만 웃는다.